U0573414

好奇心博物馆

岑嵘自选集

岑 嵘◎著

读者出版传媒股份有限公司
甘肃人民出版社

图书在版编目（CIP）数据

好奇心博物馆：岑嵘自选集 / 岑嵘著. -- 兰州：
甘肃人民出版社，2021.6
ISBN 978-7-226-05708-7

Ⅰ．①好… Ⅱ．①岑… Ⅲ．①散文集－中国－当代
Ⅳ．①I267

中国版本图书馆CIP数据核字(2021)第103727号

出 版 人：刘永升
总 策 划：刘永升　李树军　宁　恢
项目统筹：高茂林　王　祎　李青立
策划编辑：高茂林
责任编辑：王建华
封面设计：今亮後聲 HOPESOUND 2580590616@qq.com ·核漫　欧阳倩文

好奇心博物馆：岑嵘自选集

岑　嵘　著

甘肃人民出版社出版发行
（730030　兰州市读者大道 568 号）

北京金特印刷有限责任公司印刷

开本 889 毫米×1194 毫米　1/32　印张 10.75　插页 2　字数 240 千
2021 年 7 月第 1 版　2021 年 7 月第 1 次印刷
印数：1~20 000

ISBN 978-7-226-05708-7　　定价：48.00 元

好奇心是最珍贵的宝藏

大千世界光怪陆离，形形色色的人和五花八门的事情每天在你眼前匆匆闪过。

在我们小时候，对每件事情都很好奇，即便是下雨天蚂蚁搬家也能看上半天，渐渐地，我们越来越觉得什么事情都见怪不怪了，太阳底下似乎没新鲜事了。

上班，下班，日子过得飞快。然而生活不是这样的，假如你用心看这个世界，用心去思考你熟悉的每一件事情，你会重新点燃好奇心。思考就像是一种头脑体操，你用得越多，你的头脑越是灵活。

现在我们假设在某天下午，你和家人去看电影，如果你带着好奇心观察周围的一切，会得到许多新的视角：当你坐下后，座位扶手上的杯托看起来平淡无奇，但其实是影院历史上最伟大的创新之一，影院放映影片赚的钱只是一部分，它重要的盈利来自饮料和食品，而这个小小的杯托出现，就是方便观众购买更多的饮料和爆米花。

说到了爆米花，你有没想过，电影院为什么这么钟情爆米花，而不是别的什么呢？它散发着香气，吸引经过的人购买，又不至于气味过重，影响别人看电影；它体积庞大，不像巧克力那么方便外带，并且现场制作的才好吃，所以你非得在电影院现买；它成本很低，利润超过了90%，更重要的是它还会让你口渴，购买更多的饮料……

你们从电影院出来，想顺便逛一下超市。一进超市，你看到的是新鲜果蔬。可是为什么要把果蔬放在入口处呢？这是因为它们在自然光线看起来会更新鲜，并且它们散发出淡淡的自然清香，让人联想到田野和自然。这大大消除了体量巨大的超市所带来的压抑感，它让我们适应这个购物环境。另一个更重要的原因是，这会鼓励你使用手推车而不是购物篮，这样你就会购买更多的东西。

现在你推着手推车前行。你发现左右两边货物的细微差别吗？大多数人会使用右手从货架上拿东西，这时你对商品的价值评估会比用左手拿更高，同样，当我们在超市的过道上停下来的时候，通常也喜欢站在右边，零售商们早就掌握了这个法则，他们把相对重要的物品放在右边。

你还记得刚刚走过的货架最上方放着什么吗？我猜你肯定想不起来，当我们走在过道的时候，眼睛并不只是看着与视线齐平的货架，还会向下看，这是因为脑袋的重量和脊柱支撑的影响，你的视线会下移15度到30度，这就是高利润商品最佳摆放位置。而那些价格低利润薄的商品，不是放在最高就是放在最低，你压根看不到它们……

接着到了晚餐时间，你们来到餐厅，你能否通过观察餐厅里的食客类型来判断菜品质量好坏？如果一家餐馆里面顾客们很放肆地用当地话吵吵嚷嚷地聊天，这绝对是一个好征兆，这些都是资深老饕。如果一家餐厅顾客美女扎堆，那就很危险了，因为会有很多男人也跟着进去，而不论端出来的菜是否好吃。如果餐厅里都是蹦蹦跳跳的孩子们，那你就赶紧闪人吧，要知道，孩子的品位会对美食造成难以挽回的破坏。

假如你坐下来拿起菜单端详，这里也有讲究，如果菜单里菜肴的介绍频繁使用了"美味的""极好的""让人垂涎的"之类的形容词，这时你要多留心眼，这是一种身份焦虑的信号，餐厅正因为担心食客认为他们规格不够高，所以才迫不及待地向你保证他们的出品。而真正高档的餐厅则不屑用这些形容词，并且它们的菜单内容更为简单……

万事万物都不会凭空出现。当你重新思考这些事物时，并像孩子一样怀有好奇心，你的眼睛会变得更明亮。人的知识储备像一个圆圈，你这个圆越大时，那圈外未知的世界也就越大。未知会驱动我们去思考，美国卡内基梅隆大学的行为经济学家乔治·洛温施坦提出了一个"缺口理论"。他说，当我们感觉自己的知识出现缺口时，好奇心就产生了。

我很喜欢福尔摩斯在《血字的研究》中的一句话："你们在看，而我是在观察，这有很明显的区别。"谁要是说世界是平淡无奇的，我一定反对，那是你没有细致观察和思考，世间万物，哪怕再平凡，背后也能找到一个有趣的故事。当惯性的思维被打破后，思考真的会让人上瘾。

第 一 辑 　　　　网 络 时 代 的 爱 与 怕

第 二 辑 　　　　追 溯 事 物 的 起 源

第 六 辑　　奇怪的事物都有简单的逻辑

第 七 辑　　我们对自己的行为究竟了解多少

第 十 一 辑   金 钱 如 何 塑 造 了 我 们

第一辑

网络时代的爱与怕

手机点餐："松绑效应"在悄悄起作用

　　如果你是一个好胃口的吃货妹子，我敢保证，你和男朋友一起点餐和你自己点餐会不一样，和他在一起，你会小心翼翼克制自己的胃口，生怕点一大堆食物会吓到他。

　　那么假如我再接着问，如果你是一个白领，你在麦当劳的柜台前点午餐和你用手机上麦当劳的 APP 点午餐会一样吗？你可能肯定地说，这个没啥区别。然而加州大学行为经济学家什洛莫·贝纳茨告诉我们，你可能错了，当我们通过手机屏幕下单时，也就是将营业员的眼神反馈剔除掉，我们的偏好正以一种可预测的方式被改变。

　　为了证明存在这种偏好的变化，多伦多大学经济学家阿维·戈德法布和其他几位科学家分析了一家大型比萨连锁店 4 年多时间里的 16 万个订单。因为这家连锁店在研究中期引入了一种在线订餐系统，研究人员得以实地研究该技术的引进是如何改变顾客下单习惯的。

根据研究数据，顾客在网上下单时，会选择配料更多、更昂贵的比萨，比平时买的多了33%的配料和6%的卡路里。他们会选择一些异乎寻常的配料，比如"4倍培根"或者火腿、凤梨和蘑菇，而不再选择普通的意大利辣肠比萨。当可以网上下单时，培根的销量增加了20%。

经济学家指出，这些订单反映出我们的选择偏好，同时在线订单的顾客也会因为较高的消费者剩余（指消费者在购买一定数量的某种商品时，愿意支付的最高总价格和实际支付的总价格之间的差额，消费者剩余衡量了买者自己感觉到所获得的额外利益）而感到满意。但是很明显，这些食物并不利于我们的健康。我们的胃可能想要一个堆满培根的比萨，但我们的动脉血管可不这么想。

我们为何在手机或电脑屏幕上会订购更多的不利健康的食物？戈德法布和他的合作者认为，这种现象是由网络"松绑效应"造成的。

人与屏幕的互动比与他人的互动更为诚实，这也被称为"松绑效应"，它很容易伴随着技术的出现而产生，西英格兰大学的心理学家亚当·乔因森说：屏幕能够引发松绑效应是因为它们消除了人们因为他人的评价产生的正常的焦虑和自我意识情绪，人们与屏幕的互动比与人的互动更为诚实。

你告诉你的朋友，你最近希望看的书是《百年孤独》和《战争与和平》，你在电子书里放进的却是《嫌疑人X的献身》和《宠物公墓》。当你在学校学姐递来的"你最爱看的电影"调查表上填上《音乐之声》和《罗马假日》时，你的电脑却知道你最爱看的其实是《西虹市首富》和《复仇者联盟》。

密歇根大学的心理学家弗雷德·康拉德曾做过一个实验，来调查人们在面对手机屏幕而非医生或护士时，是如何回答饮酒习惯问题的。康拉德招募了 600 名 iPhone 用户，随机给他们分配不同的测试条件。对于其中的一部分受试者，研究人员通过电话来询问他们多久酗一次酒，而对另一部分受试者则通过手机短信来询问。

　　很快一个清楚的模式显现出来，当问题以屏幕文字的形式显现时，人们回答问题更加坦诚。超过 1/3 的人承认在过去的 30 天中有过酗酒行为，而当人们面对医生或者护士，人们则普遍不愿承认自己酗酒。

　　回到本文开头的问题，当我们在手机上点餐时，我们不必担忧其他人怎么看待我们不健康的订单，我们可以任性地大鱼大肉不吃蔬菜，而不必在意服务生诧异的眼光。换句话说，这是因为手机不会给我们任何反馈，而我们得以肆意放纵自身不负责任的需求。

借钱：老赖常说的五个词语

英国从 13 世纪开始，就规定债务人欠债不还的话就会被送进监狱。大文豪狄更斯 12 岁时，他的父亲就因为欠债被关进了债务人监狱，狄更斯不得不去鞋油作坊当童工，这段经历影响了狄更斯一生，他在小说《小杜丽》（little dorrit）中，就对 19 世纪中叶的债务人监狱（马夏尔西监狱）有细致的描写。

债务监禁制度到了 1869 年基本被废除，那么在今天有什么更好的办法防止借款人欠债不还呢？

来自哥伦比亚大学的奥代德·内策、阿兰·勒迈尔和特拉华大学的米甲·赫岑施泰因三位经济学家另辟蹊径，试图寻找一种预测借款人偿还贷款可能性的方法。这些学者研究了来自 P2P 贷款网站 Prosper 的数据，在这个网站中，潜在的借款人会写一个简要介绍，说明自己为什么需要贷款，以及为什么他们可以如期还贷，潜在的贷款人则据此决定是否为他们提供贷款。

总体来看，大约有 13% 的借款人拖欠过贷款。他们同时还发现，潜在的借款人说的话是他们偿还概率强有力的预测指标。即使贷款人了解潜在借款人的其他相关信息，包括信用评级和收入，他们的措辞也是一个重要指标。

三位经济学家发现，贷款人在申请贷款时常用到这10个短语，它们分别是："上帝""保证""无债务""最低还款额""更低利率""会偿还""本科毕业""谢谢""税后""医院"。其中5个与偿还贷款概率呈正相关，它们分别是："无债务""最低还款额""更低利率""本科毕业""税后"。也就是说，当出现这些词语，贷款人会更有可能偿还贷款。

出现"更低利率"或"税后"等短语，说明借款人有一定的金融知识，了解金融的人从概率来说更可能偿还贷款，如果他谈到自己是"本科毕业""无债务"等正面因素，也有可能会偿还贷款。

当出现"上帝""谢谢""保证""医院""会偿还"这五个短语时，则意味着对方的不偿还贷款的风险较大，这五个词和偿还贷款概率呈负相关。

这些词看起来非常有意思，出现"上帝""谢谢""保证"这些词，似乎显示贷款人更有信仰、更有礼貌、更有还款决心，为什么事与愿违呢？

三位经济学家分析，一般来说，如果有人告诉你他会还你钱，那他很有可能不还了，承诺越是坚决肯定，就越有可能无法兑现。当一个人信誓旦旦写下"我保证我一定会还钱，看在上帝分上求你帮帮我吧"，他是最不可能还的。想想我们生活中，如果恋爱中有一方信誓旦旦指天发誓，一般说来这个人最后不太会遵守诺言，同样，如果有人拉着你捶胸顿足向你保证，借你的钱一定会还你，那么这些钱基本上是不会回来了。

那么为什么出现"医院"也是不还钱的指标呢？因为出现这个词通常是为了激起你的怜悯之心，借款人解释说，他需要这笔钱，因为他的亲人正住在"医院"，真的急需这笔钱，可惜这也意味着他不太可能还钱。经济学家发现，提到任何家庭成员（丈夫、妻子、儿子、女儿、母亲或父亲）都是不会还钱的标志。

三位经济学家总结说：一个人如何还贷的详细计划和过去曾履行过的承诺是他会偿还贷款的有利证据，而信誓旦旦作出承诺、博得同情是一个人不会还款最为明显的迹象。许下承诺实际上是什么事都不会做的信号，这就是我们人性中的奇特之处。

一个人不会还款的单项最高指标是什么？经济学家们发现提到"上帝"的人拖欠债券的可能性是不提"上帝"的人的 2.2 倍，因此"上帝"这个词是预测不会偿还贷款非常有价值的信号（不知道上帝会不会非常生气）。

虽然这项研究令经济学家们获得了想知道的有力信号，但他们认为这也仍然存在着道德问题：企业是否有权根据与其提供的服务不直接相关的抽象统计学预测指标，来判断人们谁可以获得贷款谁不可以获得贷款？假如这项研究被企业广泛应用，当某人真的急需一笔钱挽救在医院里孩子的生命时会被无情地拒绝，那么这个世界真的太让人绝望了。

一键下单：购物节里的"一键穿心"

当我们在购物节网上抢购的时候，把"购物车"中所有的商品一键购买后，有种说不出的愉悦（当然，还有一点想"剁手"的自责）。在我们等待这些商品从全国各地送到手上的间隙，不妨来了解一下这个"一键下单"的历史。

亚马逊公司申请保护的第一项专利就是"一键下单"技术，亚马逊在 1997 年首次提交了这项专利，即当我们在购物时，只要轻轻一点鼠标，不再需要填写任何资料，就能轻松实现购物。

熟悉互联网的人一定听说过"三次点击原则"，这条定律解释起来非常简单：用户会逃离任何在三次点击内无法完成某项任务的网站。这条规则制定的时间要追溯到拨号调制解调器的时代，那时的网页似乎永远加载不出来，远没有今天这么便利。

"三次点击原则"对亚马逊公司同样至关重要，谁让购物越简单快捷谁就能赢得客户。正因为亚马逊公司如此在乎最小化客户的点击次数，"一键下单"技术最终让它脱颖而出，成为全球顶尖的公司。

"一键下单"大获成功的原因，除了便捷以外，还另有原因。

传统经济学认为一笔钱的价值取决于它能买到的东西，也就是用那笔钱买来的东西所创造的喜悦程度。然而从神经生理学的角度看来并非如此。金钱本身就能给人带来喜悦。金钱能让大脑的纹状体皮层剧烈活动，它会让大脑分泌多巴胺，这就是为什么很多人看到大把的钞票会乐开花的原因。

既然金钱本身就能让人开心，那么从自己的钱包里掏出钞票就是一件令人很痛苦的事情。支付现金会让我们感到犹豫和痛苦，但是人们如果用信用卡付各种费用，可以大大减少直接掏钱带来的痛苦感。拿出钱包、一张一张地数钞票、准备向这些钱说再见的痛苦，远远超过拿出漂亮塑料卡（信用卡），或者用鼠标点一下来网上支付的痛苦。

同样道理，当我们上高速公路时，"不停车收费系统（ETC）"自动刷了过路费，你不用每一次痛苦地把现金交给收费员，不到月底查看信用卡，你甚至都不知道自己这个月上高速花费的确切数字，这会让你感觉好很多。

刷卡大大减轻了付出现金的痛苦，经济学家们把这种现象称为"支付隔离"。当我们在网上购物时，用支付宝或微信付款和信用卡付款一样，也起到了消费和支付的隔离作用，用鼠标点一点支付大大削减我们付款时的痛苦，并且淘宝还会提供"花呗"等消费信贷业务，让人觉得买东西简直不用花钱。

另外，当我们把众多的商品放在"购物车"使用"一键购买"时，还会淡化我们购买商品花费的成本。当多件商品合并付款时，每件物品便会失去凸显性。2017 年的诺贝尔经济学奖获得者理查德·泰勒说：单买 50 美元的商品影响要大于在 843 美元账单的基础上再买 50 美元的东西。当你的购物车里有几千块的东西时，你很容易手一痒，又把几百块钱的东西拖到了购物车，这时的支付痛苦远远小于单独购买这件物品的痛苦程度。

"支付隔离"对耐用品和服务的使用也具有影响，这方面最典型的例子就是健身俱乐部的年卡，当你购买了年卡后，接下来每次健身的边际成本为零，因为支付已经完成，你日后偷懒也不会觉得多肉痛。商家正是通过这种支付和消费的"隔离"心理，使得购买健身年卡的实际平均价格远远高于单次购买价格。

从神经经济学的角度来说，脑体活跃度和支付过高价格时的痛苦有关，而"支付隔离"淡化了每件商品和服务的价格，从而降低我们的脑体活跃度，让我们只有购物的兴奋而没有付钱的痛苦。商家洞悉并抓住了顾客心理的弱点，用这些"一键式"的方法，让"一键下单"成了"一键穿心"，使得我们在不知不觉中愉快地成为"剁手族"。

婚恋网站：算法中找到灵魂伴侣

怎样才能找到自己的梦中情人？是否有一个完美的方程式能够解决这个问题？就像你在淘宝上购物一样，输入你想要的信息（肤白，腰细……），最后经过筛选和匹配，找出你的最爱。麻省理工学院的斯科特正在绞尽脑汁做这件事情。

斯科特发明了一套复杂的程序，首先每天初选出符合要求的十几个女子（日积月累，就是很大一个数字），然后经过四个阶段的再筛选，他的系统会持续跟踪不同阶段的约会对象，最后把分析结果链接到数据库，通过程序对她们综合评分。

经过几年的不懈努力，斯科特的数据库里的女性达到了上万个。上帝保佑，他终于和他的梦中情人安琪拉约会了。安琪拉非常完美，无懈可击，然而不幸的是，两周后安琪拉拒绝了他。斯科特的市场运作失灵了。

婚恋网站的相亲模式既不需要传统的媒人，也不同于酒吧的偶遇，它的好处是为在线市场参与者提供更多的选择。但它所要解决的也是斯科特的难题。和招聘网站一样，相亲也有信息不对称、搜索过程漫长和标准等问题。不过经济学家们已经找到了一些理论应用于网上婚恋市场，并创造了更多稳定的匹配。

经济学家劳埃德·沙普利为匹配理论作出了最早也是最重要的一些理论贡献，为此他和阿尔文·罗斯在2012年获得了诺贝尔经济学奖。在1962年沙普利和戴维·盖尔合著的论文中，沙普利就探索了稳定匹配概念。稳定匹配指的是没有人认为进一步交易会带来收益的情况下进行的分配。

在这篇名为《高校招生与婚姻稳定性》的论文中，沙普利和盖尔提出了一个双向匹配模型，男性和女性，或者学生和学校，都表达了他们的匹配偏好。沙普利和盖尔还提出了一种延迟接受算法（之后被称为盖尔—沙普利算法）来寻找稳定的匹配。

当理论遇到现实，总会出现各种各样的问题，这些问题仍然需要好的经济学方法去解决。比如网上相亲市场需要努力吸引尽可能多的未婚男女，这就产生一个问题，漂亮的女人收件箱里会充斥着男人的信件，而这些女人对于大多数信件都不予理会，因此区分只是来碰碰运气的发送者和良好的潜在对象是非常困难和耗时的，女性要从这些信件中找到合适的配偶犹如大海捞针，用市场设计理论的一个专业术语来说，就是很多婚恋网站都会面临拥堵问题，妨碍市场创造更多高效稳定的匹配。

那如何解决这一问题呢？

行为经济学家丹·艾瑞里向婚恋网站建议，向它们的男性会员分配电子玫瑰，每个男性会员每月得到两朵电子玫瑰。在往常男性会员发送一条信息的边际成本基本为零，这就鼓励男性会员往漂亮女生的邮箱里"狂轰滥炸"。因此，只有使得发送信息数量得到限制，让交流变得昂贵，男性会员才会表现出他们真实的偏好，向他们感兴趣并且看上去匹配的女性发送信息。经济学家认为，玫瑰的稀缺性会激励求婚者变得有选择性，因此不得不认真审视自己的求婚行为。

38 岁的经济分析师桑博尔在婚恋网站工作。他不苟言笑，看起来并不适合扮演丘比特的角色，他在加入婚恋网站前，曾经在一家公司制作供应链软件。不过桑博尔说，帮助人恋爱的技术，和把商品从仓库迅速转到货架上的技术差别不大。

马克是桑博尔网站的客户。他特别强调了对头发颜色的要求："我要找一位深褐色头发的女子。我很挑剔的，"他说，"我知道自己想找什么样的人。"不久，"仓库管理员"桑博尔给马克弄来了一个金发女郎，但神奇的是，两人很快热恋结婚了，周围人都觉得他们是天生一对。"这帮邪门的家伙是怎么知道的?"马克很好奇。

答案并不神奇。桑博尔发现，用户其实是说一套做一套，不是夸大自己的智商，就是少报腰围，自己也弄不清自己的偏好。桑博尔的对策是：更多地注意用户在网站上所做的选择，找出他们真实的愿望。比如莫妮卡表示对结过婚的男人不感兴趣，可后来系统发现莫妮卡给一位离过婚的用户发邮件。对此，算法的应对是：降低婚史的分量，给她介绍更多离过婚的人。

越来越多的婚恋网站和马克一样把大数据引入婚恋匹配，它们宣称，相比其他方法，它们的算法能够提供更好的匹配和更持久的婚姻关系。然而，许多这样的网站将它们的知识产权，也就是算法，作为商业机密加以保留。据估算，仅北美每年就有 20 亿美元的收入来自第三方营利性婚配机构。与市场本身的设计一样，用于制造匹配的方法肯定会随着时间的推移得到不断改进，最终获得更好、更稳定的匹配结果，这也是经济学家们所期待的。

网红主播：天价收入合理吗

你兴高采烈地买下了某个网红主播推荐的口红，口红很实惠，没花你多少钱，但这些不起眼的口红最终却能给这位主播带来天文数字的收入。

据公开资料，国内顶级的网红主播收入普遍已经上亿，还有一些统计甚至认为这些网红的收入已经到了数十亿，虽然我们可能对几亿和几十亿有什么差距根本没有概念，但我们还是很想知道一个问题，这些顶级网红主播，为什么会赚到如此多的钱？

假如你是哈佛医学院毕业的博士，经过数十年的打拼之后，你成为国内某个领域最顶尖的外科医生，那么你的年收入会是多少？也许是一百来万，也许是几百万，那为何你和那些顶级主播的收入相差这么多呢？

1981年芝加哥大学经济学家舍温·罗森发表了"超级明星经济"的论文。他说，超级明星的巨额收入并不是社会活动中捉摸不定的现象，而是可以预测到的经济力量作用的结果。

一个市场要被几个顶级明星主导，它必须具备几个基本特征：

　　首先必须有规模经济的存在，也就是说能让他的作品在大规模的受众面前展示。外科医生每增加一台手术，需要增加的成本（包括时间、器械和药品开支）是固定的，而主播每增加一个用户所需要额外投入的成本则几乎为零。一场直播，可以用极小的额外成本传递到数亿的用户面前，但一个顶级的外科医生，即便他的技术再怎么娴熟，一天之内进行的手术也是有限的。

　　其次他们的作品和表现必须具备差异性和独特性。盘踞市场顶端的竞争者必须是非完全替代品。不能否认，作为国内顶级的主播明星，他们的直播风格虽说不上独一无二，但都具有鲜明的特色和识别度，更能够吸引客户。

　　舍温·罗森同时说：巨大的市场规模会带来一种竞赛效应：某个稍稍"优秀"一点的人能够轻易赢得整块蛋糕，使其他人什么也得不到。比如人们宁愿花 10.99 美元购买霍洛维茨的音乐，也不愿意花 9.99 美元购买某个困境中挣扎的钢琴家的音乐。这就是我们常说的赢家通吃。

　　网红主播的人气是呈几何级数，而不是呈线性增长的，人们通常将之称为"幂律"，最优秀的主播的人气比第二名要高出好几倍，而排名第二的又是排名第三的好几倍。社交网络对幂律的形成发挥着重要作用，人气经过社交网络迅速传递，最后几乎所有人的注意力都被少数几个明星人物吸引过去。

　　21 世纪初，我们总能在深夜的电视节目中看到一个被称为"侯总"的人，在卖力地销售一款"劳斯丹顿"的手表，侯总口若悬河，感染力无人能敌，远超今天的网红，可是侯总的销售业绩和收入却远远比不上今天的网红主播。

　　这里的原因就是移动互联网的时代还没到来。在那个时代，深夜节目的观众数量远远比不上今天社交网络的用户，技术的进步和数字技术的兴起让"赢家通吃"成为更普遍的现象。

手机阅读：我们的"胃口"越来越大

我打开微信，原本只是想消磨几分钟，可是当过去了一个小时之后，我发现我的手指仍然在手机屏幕上。它像是哆啦A梦的口袋，只要你的手指还在滑动，各种新闻和信息就会源源不断地冒出来。

在过去，人们浏览网页时需要点击翻页并且等候稍许才能进入下一页，然而现在所有的科技产品，无论是微信、微博还是抖音都不是这样。无论何时，只要当你浏览到页面的底端，下一页的内容就会自动加载上来，用户可以一口气不停歇地向上滑动手指来浏览信息。

这样做使得产品的操作更为简单，同时也让你的"胃口"变大，你原来准备看十分钟的信息，结果不知不觉看了一两个小时。

康奈尔大学的布莱恩·文森克教授是一位行为心理学家，他主持了一项设计巧妙的研究，发现了一些影响我们饮食方式的微妙因素。

文森克首先给一群美国大学生看了一个18盎司（1盎司＝28.350克）的番茄汤碗，他问学生："如果让你们午饭喝这个汤，你们何时会不想再喝了呢？"81%的人给了一个视觉参考点，比如"碗空了我就不喝"或"我会喝半碗"。只有19%的人说他们饱了，或不饿了时就不想再喝了。

接下来文森克做了一点手脚，他在服务员通常放置汤碗的地方钻了一个洞，然后再在一个汤碗的碗底钻了个洞，在碗里插入一根食品级的管子，管子的另一端连着一锅热汤。如果把汤锅放置到合适的高度，根据连通器的原理，那就可以从汤碗喝一整天的汤，它可以自动续汤，并且不会续满整碗汤，这样喝汤的人就相信自己有进展。

文森克招募了62个食客，用普通汤碗喝汤的人喝了大约9盎司的汤，而使用无底碗的人则喝了又喝，当文森克叫停的时候有人仍然在喝，其中有个人甚至喝了不止1夸脱（1夸脱＝1.136升）。他评价此汤时说道："很不错，喝得相当饱了。"事实上，他喝的汤比邻桌用普通碗的伙计多了三倍。

食客会意识到自己从自动续汤的碗里喝了更多的汤吗？绝对没有，除了极少几个例外，比如那位"1夸脱先生"，其他人则没有说自己饱了。事实上他们比普通碗组的人多喝了73%的汤，但他们的自我感觉跟另外一群人一样，毕竟他们只是觉得自己喝了半碗汤而已。

没错，当我们在那些科技产品上浏览信息和视频时，就像在那个无底的汤碗里喝汤，在这个永远不见底的阅读界面中，我们无法停下来。

科技产品还提供了各种新奇的信息和画面，人们在期待奖励时，大脑中多巴胺的分泌量会急剧上升。人们会因此进入一种专注状态，大脑中负责理性与判断力的部分被抑制，而负责需要与欲望的部分被激活。于是大脑被各种未知的新奇所吸引，不停地发出"我还要"的信号，我们的手指也不由自主地往下翻阅。

每个新信息都会带给我们一些心理上的小意外，多巴胺之所以会奖励意外，这是我们还在狩猎时代的产物。它鼓励我们发现新的狩猎技巧，寻找新的食物，适应新的环境，从而增加我们的生存概率。

在网络时代，我们也会对新奇的信息深深地着迷，我们大脑的结构让我们注定成为新奇事物与信息的消费者，我们的大脑沉迷于新信息，却无视熟悉的事物，这就是为什么我们去一个陌生的地方旅游，回程总是显得要短得多的原因。

也许你正是从手机上阅读到这篇文章的，据统计，79%的智能手机用户会在早晨起床后的 15 分钟内翻看手机。某大学在 2011 年进行的一项研究表明，人们每天平均要看 34 次手机。业内人士给出的相关数据却更惊人，达到将近 150 次。我们在不知不觉中常常会刷一整天的手机，不得不承认，在这个不见底的汤碗中我们已经上瘾了。

共享单车：繁荣到萧条的快速转换

我家小区附近的花坛深处丢弃着几辆共享单车，它们在风吹日晒下已经锈迹斑斑，这些丢弃的单车仿佛在提醒人们它曾经的繁荣。就在几年前，整条街上浩浩荡荡停满了各家公司崭新的共享单车，它们像受检阅部队的战车一样神气。

那时人们似乎找到了解决最后数公里的方案，各家公司争相上马，资本以最快的速度捧着钱冲向这个行业，可是今天，单车被到处丢弃，押金无法返还，公司纷纷倒闭。那为何短短三四年后这个行业就经历了繁荣到萧条？

我们不妨来看看发生在美国"栈道热"的故事。

美国经济学家丹尼尔·克莱恩说：19世纪上半叶，美国人热衷于国内基础设施建设，比如隧道、铁路和高速公路，交通运输建设得到不断发展。1825年竣工的埃利隧道，这条长达363英里的隧道将纽约市与伊利湖连接起来，使得东海岸到西部腹地的旅行时间缩短了一半，运输成本也降低到原来的10%。

在这如火如荼的交通大建设中，仍然有一个问题无法完美解决：铁路和隧道在连接主要城镇上发挥了很好的作用，但那些交通的最后数公里，也就是一个小镇到另一个小镇，或者从乡村到集市的这些公路，就完全是另一个样子了。克莱恩描述说："这些公路路基都很浅，排水效果很差，在阴雨天，路面上到处都是泥泞的凹槽，即使天晴了这些路上还是泥泞潮湿，在这种路面上行驶车速很慢，而马车什么的就更是寸步难行。"

　　这时一位名为乔治·盖得斯的工程师宣称找到了解决这一问题的办法，也就是栈道。栈道由覆盖两层的厚木板组成，在19世纪40年代初加拿大就引进了这种栈道。目睹了加拿大的成功经验后，盖得斯相信栈道在美国也会发挥很好的作用。

　　不过人们也有一些担心，这些设置了收费站的私有化栈道，其寿命是否长到能收回投资。不过盖得斯信心满满，他相信一般的栈道寿命可达8年，这足以为投资提供合理的回报。1846年，他说服了纽约州萨莱纳的一些城镇居民，大家共同注册了一家公司来修建该州的第一条栈道。

　　这条栈道获得了巨大收益，栈道热首先在纽约州迅速蔓延，接着蔓延到全美国。盖得斯俨然成为这个行业的代言人，在短短10年时间里，仅纽约州就成立了325家栈道公司，而全美的栈道公司则超过1000家。

　　这就是经济学家所谓的"信息阶流"：最先在纽约州修建的栈道取得了成功，在接下来的数年里人们争相模仿。那些是急于破解最后数公里问题的人们，也有了现成的解决方案。投身到栈道建设上的人越多，此举的合理性就越能得到确立，从而使考虑其他解决方案不再受到重视，最后整个美国到处都修建了栈道。

然而很不幸，栈道的寿命并没有盖得斯许诺的那样能持续 8 年，它的实际寿命在 4 年左右，因为代价过于高昂而使公司难以为继，仅到了 19 世纪 50 年代末，这些栈道就被人废弃了。

同样，每辆新投放的共享单车也在告诉人们这件事很赚钱，并且也的确给市民提供了便捷。于是过了某一时刻，人们不再对自己的知识给予关注，而开始关注并模仿别人的行为，每个人都在想，别人也不傻，把钱投向这里一定是充分调研过的，于是信息朝着错误的方向误导，所有的人作出了一个糟糕的决策，一窝蜂地把钱投向共享单车，这就加速了它从繁荣到萧条的过程。

传媒：来自喀拉拉邦渔民的启示

　　我在报社工作了 20 年，目睹了传统媒体受到来自互联网的巨大冲击。身边也经常有一些年轻人来问我，新闻行业的未来究竟在哪里？每当此时，我都会想起喀拉拉邦渔民的故事。

　　喀拉拉邦位于印度的西南海岸，渔业是当地的主要产业。渔民们驾驶着小型渔船出海一整天，然后带着他们的渔获返航，并在喀拉拉邦北部海岸的许多小型的海滩市场上出售。由于渔民的小型船只和当地的海滩市场缺乏制冷设备，这就意味着如果当天没有出售这些渔获，它们将迅速变质，变得毫无价值。

　　1997 年，哈佛大学的经济学家罗伯特·詹森开始调查这些海滩市场的沙丁鱼价格。当他来到喀拉拉邦时，这里还没有被手机信号所覆盖，当地也没有手机通信这种技术。一些渔船在海滩市场可能卖了好价钱，而另一些渔民可能卖不掉鱼，他们又不想白白送人，于是只能把鱼倒回海里，即使许多买家可能就在不到十几英里远的另一个市场，并且愿意付出高价来买这些鱼。

罗伯特·詹森认为喀拉拉邦的渔业市场整体是无效的。

就在这一年，手机信号的覆盖范围开始扩大到了喀拉拉邦，鱼市迅速发生了变化。渔民可以在离海岸20多公里的地方打电话，因为信号塔就在海岸附近。"喂，你们这里沙丁鱼的价格是多少？""什么，你们这里的金枪鱼已经饱和了？"因为提前给海滩市场打了电话，渔民得以提前了解市场行情，然后直接把船开到出价最高的市场。

手机的出现使得当地沙丁鱼价格迅速稳定，海滩市场的价格波动下降，倾倒量接近于零。简单的技术变革，使得市场变得更为高效。

然而当时的手机价格相对于渔民的收入是昂贵的，但也并非高攀不起，部分渔民咬咬牙买了手机，部分则没有。詹森持续地观察了喀拉拉邦渔业从1997年到2001年的变化，他有了一个特别的发现：那些有手机的渔民收入增加自然是在意料之中，但是那些没有手机的渔民收入也同样增加。平均而言，渔民的收入增长了8%，那些没有手机的渔民，因为受益于更有效率的市场，他们的收入提高了4%。

在这个例子中，新技术并没有让赢家通吃，而是提高了每一个人的收益。之所以产生这一现象，是因为手机提高了整个市场的效率。

我们回到新闻行业，每张报纸就相当于一个单独的海滩市场，刊登的新闻不一定能找到真正需要的读者，而互联网和新媒体从本质上改变了传播方式，它使得整个新闻市场更有效率。它可以通过大数据等技术，让每个读者能精确得到自己感兴趣的新闻。

新闻和渔获的共同之处在于它们都只有短暂的保鲜期，必须更快更有效地到达每个顾客手中。而互联网就像喀拉拉邦渔民的手机，它精确知道谁需要这些新闻，而不至于使得它变质。

互联网最终扩大了新闻市场，让每一个市场参与者受益，使用新技术的人会率先分得更大的蛋糕，但这些新技术最终会不断降低门槛直至变得普及。当每个渔民手里都有了手机，市场最终达到新的均衡后，这时又会回到最根本的问题——要想在鱼市卖高价，归根结底看谁打的鱼又大又新鲜。

电子情书：爱情故事之后的商业故事

电影《电子情书（You've Got Mail）》讲述了 20 世纪末的一个故事，那个时代互联网刚刚兴起，人们开始网上聊天和发电子邮件（E-mail）。

在纽约人文气息浓厚的上西区，凯瑟琳·凯莉（梅格·瑞恩饰）经营一家温馨的小书店"转角书店"，书店继承自母亲，已有四十年的历史，是附近街坊生活的一部分。没想到就在隔街，一家大型的连锁书店"福克斯图书超市"开张，各种折扣、多功能卖场大大危及小店生意，而大书店的老板乔·福克斯（汤姆·汉克斯饰）自然成为凯瑟琳·凯莉的眼中钉。乔有一个能干的女友，凯瑟琳也有一个匹配的男友。他们原以为已找到人生伴侣，两人白天时时斗法，夜深人静时却是电子邮件的最佳笔友。

凯瑟琳乐观地告诉店员，新开的书店不会伤害到他们，因为两家书店经营的业务不同，销售的产品也不同。在销售书籍时，凯瑟琳提供的是个性化的服务和注重对个体的关注，转角书店的优势是了解附近客户的口味，并尽力满足。顾客的孩子们可以在她的书店里舒适地阅读，凯瑟琳还能运用自己渊博的知识为左邻右舍提供阅读咨询，在转角书店里，孩子们就像是在自己的家里。

而福克斯图书超市中，则没有这些服务，在福克斯书店人们互不认识，销售人员甚至自己都不喜欢读书，他们当然无法给顾客提供中肯的建议。

这些如果用经济学的语言表述，就是"产品差异化"，虽然同样是销售图书，但两者其实经营的产品并不相同，对凯瑟琳来说，一本书并不仅仅是一本书。

不过凯瑟琳的转角书店这些产品差异化，也许并不能让她有足够的把握站住脚，福克斯书店有庞大的供应链，其拥有的市场势力是转角书店所缺乏的，大书店能够提供折扣、大库存书籍和延伸销售相关产品，如日历、笔记本电脑和钢笔等，这些举措激起了凯瑟琳的客户，包括那些最忠诚的客户的好奇心，他们也忍不住前去一探究竟。

《电子情书》所讲述的关于书店竞争的故事，是真实发生过的，在美国各个城市都曾真实上演了图书巨头鲍得斯和巴诺把小书店逐出市场这一幕。《电子情书》最后，有情人终成眷属，不过现实中的故事可没完。

美国最大的实体书店巴诺书店实体店面销售额连续 11 年下降，在线业务销售额下降 9.6%，2018 财年净亏损 1.255 亿美元，股价已不到 2006 年的五分之一。为了削减开支，巴诺裁减了 3000 个全职职位，目前全职员工只剩下 8000 人，有些店面甚至已经完全没有全职工作岗位。

而早在 2011 年 2 月，美国第二大连锁书店鲍德斯书店集团向法庭递交破产保护申请。那时，鲍德斯在美国拥有 642 家连锁店，6100 名全职雇员，在 2010 年亏损了 1.68 亿美元。

也就是说，如果有后来的故事，乔·福克斯经营的实力雄厚的福克斯书店，很可能和凯瑟琳的转角书店一样，面临着经营困境，或者他已经因为经营不善而倒闭了。

那么这些图书巨无霸为何也面临困境？

在 20 世纪末，人们已经开始用互联网聊天，甚至乔·福克斯和凯瑟琳还发展出了网络恋情，然而他们似乎都没有意识到，到了 21 世纪互联网展现出了摧枯拉朽的生产力。比如鲍得斯书店，面对互联网的兴起，鲍德斯的网络书店却经营不善，一赔再赔，干脆在 2001 年把电商业务交给了亚马逊来运营。这一让人瞠目结舌的决策最终成为让鲍德斯倒下的病灶所在。

如果说鲍德斯失去的是互联网机遇，那么巴诺错失的则是移动互联网时代。2013 年 7 月，巴诺书店的 CEO 威廉·林奇辞职。林奇此前一直负责电子书业务，也是将巴诺书店转型为互联网企业的积极推进者。林奇的离场也意味着巴诺书店放弃了电子书业务。

那么巴诺书店有没有机会避免倒闭和被收购的命运呢？这个答案其实在电影《电子情书》中已经回答了。

凯瑟琳的转角书店想要在图书巨头的竞争下存活下来，凯瑟琳通过提供个性化的服务和对客户个体的了解，使得她得到了生存空间。巴诺书店虽然体量庞大，每家书店拥有 16 万册书籍，可是和真正的图书巨头亚马逊相比，其体量的对比，与福克斯和凯瑟琳的书店对比相似。亚马逊的顾客在网上可选的图书是巴诺书店的 20 倍。

因此巴诺书店必须采取凯瑟琳的策略,采取产品差异化的策略。巴诺不必和亚马逊拼图书的数量,巴诺具有众多的实体店,它可以在书店经营咖啡馆、甜品店,更多地开发图书周边产品,还可以通过更好的策划和个性化交互,让读者和出版社以及作者建立有意义的互动关系。实体书店具有更好的黏性,更有人情味,这些可是亚马逊无法提供的。

可惜巴诺书店没能等到这个时候,到了 2019 年,巴诺书店终于被美国对冲基金艾略特管理公司收购。

第二辑

追溯事物的起源

杯托：为何会出现在影院中

你买好了爆米花和饮料，舒舒服服往电影院的椅子上一坐，顺手把饮料往扶手的杯托里一搁。这些，再平常不过了，不过这里也隐藏着电影院里最大的秘密。

在过去的半个世纪中，对电影放映业革新作出贡献最大的个人，应该是美国 AMC 院线的创始人斯坦利·德伍德（Stanley Durwood），德伍德最大的贡献是发明了多厅影院，德伍德和他的 AMC 不仅是北美最早推广多厅模式的院线，他们还将多厅模式带到欧洲，同样取得成功。

德伍德在电影院经营上的创新还有很多，而且都成功普及全世界。比如他在 1981 年发明了座椅扶手上的杯托（cup holders），让观众可以方便地放置饮料。后来他又改进扶手，允许将它抬起，这样两个相邻的座位立刻就变成情侣座。这些在今天都已经是理所当然的设计，但在他之前就没人想到过。

影院杯托的设计增加了观众观影的舒适度和方便性，但它的作用远不止于此。

1997 年，好莱坞影院院线拥有 450 个放映厅，票房总收入为 5000 万美元，但实际收入囊中的只有 2300 万美元，剩下的绝大部分流向了电影发行商。但是维持影院运营成本是 3120 万美元，这就意味着如果他们的收入完全来自售票，那么他们一年会亏损 820 万美元。

然而，他们并没有陷入这种亏损，和他们的其他同行一样，他们还有一个生财之道，即贩卖零食和饮料。这为好莱坞影院院线带来了 2670 万美元的收入，而其中有 2240 万美元是净利。这也意味着，放电影本身并不赚钱，而主要利润是来自零食和饮料，这也是我们常说的"爆米花经济"。

零食饮料才是那个下金蛋的鸡，因此，影院大厅里的每一个装潢细节，都是为了将客人的注意力集中到食品售卖部的菜单上的。在影厅座椅都配备了专门的杯托，这个特殊装备被影院经理人们普遍认为是影院历史上最伟大的创新之一。

有了杯托，观众不仅能够更从容地边吃零食边喝饮料，而且还能够在观影的中途搁置没有喝完的饮料，起身去零食区购买更多的零食回来，以便搭配饮料享用。好莱坞影院还推出了一种超大杯，观众可以无限量续杯。1997 年在好莱坞影院院线销售的可口可乐产品带来了大约 1100 万美元的收入，其中净利润超过 800 万美元。

美国经济学家理查德·麦肯齐曾经计算过爆米花的毛利率，他说：（我们这个地区）在电影院大桶（只有 7 盎司，1 盎司＝ 28.35 克）爆米花的价格是 7 美元，这相当于一张成年人电影票的 3/4。当地（南加州）的食品店每磅玉米价格约为 0.42 美元，一磅玉米大约能爆 3 桶爆米花，加上植物油成本和其他成本，一桶爆米花的制作成本是 0.55 美元，电影院单从材料商获得的利润肯定超过 90%（电影院大量购入玉米和油的价格更优惠）。

当然，除了材料成本，我们还要计算爆米花工人的工资，以及影院为了吸引看电影的人来买爆米花需要的间接成本，包括检票、运转放映机以及打扫电影院等等，爆米花的成本上升到了 2.4 美元，它的利润依然很可观。

同时，影院还会通过定价策略，诱使消费者购买大桶而不是中桶或者小桶爆米花，大桶平均每克的价格远远低于其他两者，其中的秘密就是爆米花的边际成本很低，既然间接成本是固定的，那么购买更多的爆米花对商家最有利。

饮料也同样如此，有人调查了美国大西洋中部几个州的 21 家郊区和城市的电影院的食品零售价格，他们发现影院里出售的饮料的平均价格比 24 家便利店出售的平均价格高出 37%。

国内的情形也类似，据 2016 年的公开资料显示，万达院线的电影放映收入达到 75.25 亿，同比增长 17.8%。但在总营收的比重，却从 79.8% 降至 67.1%，其中的原因就是零食销售和广告业务的急剧增长，而放映电影的利润率为 21%，而零食销售的利润率却达到 61%。

因此，有些影院会采取降低票价的手段来保证卖出更多的座位，增加的饮料、爆米花销售量带来的利润幅度远远超过减少的票房收入。既然这门生意这么好，于是在食品零售部，人们总是可以看见琳琅满目的零食和饮料。

如今的消费者已经习惯了比较不同商家的价格，尤其网络的出现使得这些比价更加容易，因此消费者对电影票的价格会相对敏感，而爆米花和饮料不同，在电影院，当看电影的人通过检票的转门时（或者只要进入电影大厅），他们通常没有其他提供者可选，这就表明，以什么价格购买食品饮料，看电影的人没有其他选择（当然，你也可以事先包里藏好一桶爆米花或者饮料，但这么做的人毕竟很少）。

关于爆米花，还有一个业内的秘密：影院往往只需在爆米花的黄油里多放些盐，就能增加观众到小食柜台前购买饮料的量，这样影院就能赚到更多的钱。

有奖贴花：20 世纪 80 年代的金融产品

20 世纪 80 年代，我的父母会购买一种叫作"有奖贴花"的储蓄，每个月固定花五元或十元买一张贴花储蓄（那时父母的一个月收入也就几十元），贴在一个小本本里，每月都会开奖，奖金在 10 元到数百元不等，这种 80 年代的金融产品当时很受老百姓欢迎，这也是早期国内银行开展储蓄竞争的一种产品。

有奖贴花虽然早就消失了，今天我们有着更丰富的各类金融产品，但现在回想起来，这种产品却相当有意思。

大多数人身上，都同时存在两种渴望，一种是获得财富，另一种是远离贫穷。对财富的渴望会导致我们把钱投在高风险的股票或者彩票上；而对贫穷的恐惧则让我们把钱投在储蓄、国债或者保险上。

2017 年的诺贝尔经济学奖得主理查德·泰勒提出了"心理账户"的概念，现实中人们为了应对内心的两种不同渴望，会把投资组合进行划分，归置于不同的心理账户中，一部分用来追求财富，一部分用来抵御贫困。

《客户的游艇在哪里》一书中,作家小弗雷德·施韦德讲述了这样一件事:1929年一位美国富翁身价达到750万美元,他把其中的600万美元用于投机钱生钱。把剩下的价值150万美元的政府债券交给他妻子,他郑重地说道:"亲爱的,这些债券现在是你的了,它们足够应付我们下半辈子的所有正常开支。万一我哪天向你要回这些债券,千万不要答应,在任何情况下都不要答应,因为我若是提出那样的要求,我一定是疯了。"

这个富翁就是把他的财产分在了两个账户,600万美元划在"追求财富账户",150万美元则划在"抵御贫穷账户"。

这样做看起来非常合理,但是这两个账户之间的壁垒常常会被打破。6个月后,大股灾来临,股市一落千丈,富翁用来投机的600万美元转眼泡汤,这时他恳求妻子拿出那150万美元来追加投资以期翻本,妻子经不起丈夫的苦苦哀求拿出了债券,很快这些钱也化为乌有。

获得财富和远离贫穷两种渴望分别对应着两种思维方式,前者被称为"彩票思维",认为省钱完全是浪费时间,反正身上的钱无论如何都不够用,不如干脆买彩票(或其他高风险金融产品),于是这些人会牺牲手头的真金白银,去换取彩票之类情感上带来的希望。在股市中,这些人会追求高风险的股票,比如有些破产的公司价格会跌到极低,有些投资者就会赌这些公司能东山再起,然而这些博彩式投资效果并不好,这类股票平均一年的跌幅超过28%。

对应防御贫穷的思维方式被称为"储蓄思维",人类的需求呈现金字塔型,对安全的需求在最底层,同样我们的投资组合也会呈现金字塔型，我们把国债、储蓄等最安全的投资放在这个金字塔的最底层，以用作我们养老或者生病之用。这种思维方式偏好稳健保守，不愿意去冒风险。

金融产品的设计者似乎注意到这两种思维的区别，他们设计出一种新颖的产品，这种产品既能抵御贫穷，还能增加我们暴富的希望，这就是彩票债券。

在英国，彩票债券被称为有奖债券，有 1/4 的英国人都持有有奖债券，可见其受欢迎程度。有奖债券的面额最小为 1 英镑，这使得再穷的人也能购买。该债券承诺会归还本金，因此无须血本无归，它每月会进行一次抽奖，奖金数目从 50 英镑到 100 万英镑不等，这无疑给投资者带来了发财的希望。不止在英国，肯尼亚、墨西哥、委内瑞拉、哥伦比亚、日本和南非，都能见到彩票债券的身影。

我们既对财富充满向往，又对贫穷心怀恐惧，这两种情绪常常会左右着我们，让我们感到纠结。20 世纪 80 年代出现的"有奖贴花"储蓄，很好地平衡了人们的这两种情绪，既给人暴富的希望，也给人储蓄的安全，在那个时代自然而然受到了大众的欢迎。

轧棉机：改变世界的发明

伊莱·惠特尼一定没有想到，他无意之中的发明居然改变了历史的走向。

18 世纪的美国种植园主试图将棉花种植范围向西扩张的过程中，他们也许遇到了美国经济史上最大的生产瓶颈。当他们将种植范围从大西洋海岸向西推进 30 英里时，种植园主们发现英国纺织厂指定要求的富有光泽和弹性的长绒棉（海岛棉）在那里无法开花。

只有短绒棉品种可以在内陆生长，但是它的种子呈绿色且有黏性，种植园的奴隶很难从棉铃中剥离种子，以印度的古老装置为模型的那种简单的辊式轧花机可以分离长绒棉的棉籽，却无法将短绒棉中有黏性的棉籽从皮棉中分离出来。

这一供应瓶颈的严重性不容小觑。一名年轻健康的奴隶每天可以采摘 300 磅棉花，甚至一个小孩一天也都能摘 100 磅左右的棉花。但是，这样的棉花却是没有市场的。因为辊式轧花机不能将棉籽从高原棉花中分离出来，奴隶们只能手工将棉籽挑出来。由于棉籽非常黏，很难处理得好，一名奴隶一天只能够处理的棉花不超过1磅。以这样的速度，英国的纺织厂会因为没有足够的棉花而倒闭。

伊莱·惠特尼当时是一名耶鲁大学的毕业生，他希望毕业以后能从事司法方面的职业，但是他首先必须还清学生贷款。

1792年，他前往南方从事私人家庭教师。那时，南方正因烟草供应过量导致利润逐渐消失而发生动乱，棉花是当时唯一的救星，但是难以剥离棉籽的瓶颈也使得这一希望变得渺茫。

在去佐治亚州萨凡纳的路上，惠特尼遇到了美国独立战争时期十分出名的格林少将的遗孀及家人。格林夫人对这位彬彬有礼的年轻人很是欣赏，邀请他到家里的种植园停留几日后再继续他的旅行。当格林少将手下的一群军官来到种植园来探望格林夫人时，他们的话题很快转向了美国急需能够分离高原棉花与棉籽的机器，以满足英国的需求。种植园主们非常清楚，那些棉籽是他们获取财富的唯一障碍。

"先生们，"格林夫人说，"可以让我这位年轻的朋友帮助你们，他什么都能制作出来。"

惠特尼急忙否认，说他从没见过棉花和棉籽。但是，他很快就对这件事产生了兴趣，惠特尼在1793年9月11日写给他父亲的信中，展现出了他在技术上的天赋以及创业精神：

"我跟随着已故的格林少将的家人一路从纽约来到了佐治亚州，并很快又跟着他的家人去了他们的种植园……打算在那里待上四五天……在这期间我听闻许多关于轧棉的困难之处，就是如何把棉籽与棉花分离开。格林夫人家有许多令人尊敬的绅士，他们一致同意如果能够发明出分离棉花的机器，这对国家以及发明者来说都将是一件伟大的事迹。"

重要的是，在格林夫人家的种植园，有一位风险投资家，就像惠特尼在信中提到的：

"我无意间想到这个问题，并构思出一台机器的设计方案，我与米勒（他也与那家人同住，是一位令人尊敬的并手握财富的先生）讲述了我的想法，他对我的设计方案很满意，并对我说，如果我继续将这件事进行下去并实验这台机器，不管能否成功，他都愿意承担我相关的所有花销，除了时间以外我没有任何损失。然而，如果我成功了，我们将分享利润……"

不久，惠特尼在格林夫人的农场建立了一间实验室，并在1782年的冬天发明了新式的轧棉机。这种轧棉机是一个表面装满细钩齿的可滚动的圆筒设备，它通过一个狭小的进料口填进棉花，而滚动的圆筒挂住棉花纤维，种子和棉花就这样被分开了。随后，有一个由滑轮和皮带带动的滚动的刷子再把棉绒从圆筒上刷下来。

轧棉机通过摇动手柄来操作，一个人使用轧棉机一天就可以把50磅的棉花清理干净，而不使用轧棉机只能清理1磅的棉花，这使得生产效率大大提高。1794年，惠特尼为他的轧棉机申请了专利。

惠特尼制造出来的简单而又精妙的机器被快速复制并应用开来，南部所有的棉花种植区都掌握了轧棉机的原理。当时美国的专利法还是新法律，大多数农场主都自己仿制轧棉机。轧棉机的原理太简单，一个熟练木匠一下午就能制造出一台，如果有人问起他们关于侵犯专利的事，他们就说这是自己的新发明，并且比惠特尼的轧棉机还好用。惠特尼和他的合作伙伴菲尼亚斯·米勒通过法庭起诉了每一个被发现仿制轧棉机的人，然而1793年的美国专利法还很含混不清，直到1800年专利法被修正之后，惠特尼和米勒才赢得了所有的诉讼。

1793年，美国的棉花产量大约500万磅，还不到世界棉作物总产量的1%，其他大部分棉花都产自印度。19世纪的头十年人们有了轧棉机，美国的棉产量翻了7倍，达到了4000万磅，从此平均每十年美国棉产量就要翻一倍，到了1830年，美国的棉花产量占世界总产量的一半，1860年达到了20亿磅。这些棉花都成了纺织机的生产原料，并为工业革命拉开了大幕。

轧棉机的发明还带来一个意想不到的后果，独立战争后，废奴运动拉开序幕，18世纪晚期，美国奴隶的价格越来越低，奴隶制也开始走向衰亡。

然而轧棉机改变了这一切。棉花属于劳动力密集型作物，1793年之后，奴隶的价格逐渐攀升，越来越多的奴隶被卖到了南方的棉花种植园，1810年，南方棉花地里的奴隶已经超过100万；到南北战争爆发前的1860年，美国的黑奴达到400万。而北方的经济随着工业革命的完成正变得越来越多元化，奴隶制窒息了北方的工商业发展，南北战争就变得不可避免。

大富翁：一个被后人误解的游戏

不知道你是否玩过"大富翁"的游戏，你是否还记得阿土伯、钱夫人、孙小美。在20世纪，"大富翁"这款游戏，可以用"风靡南北"来形容。游戏中，玩家通过掷骰子和策略来购买房产，收取对方的租金、过路费充实自己的财产，并让其他玩家破产。

"大富翁"游戏最早源于美国，早在20世纪30年代美国经济大萧条的时候就风靡一时。游戏的关键就是土地是有限的，你只要土地买的足够得多，势必会让对手陷入破产的境地。如果你知道这个游戏的英文名叫"monopoly"（垄断），你就不会奇怪这样的游戏策略了。

事实上，当你了解这个游戏的来龙去脉，你一定还会有另一番感慨。

在这个关于"大富翁"的故事中，首先出场的是美国著名经济学家亨利·乔治。他的著作《进步与贫穷》是美国有史以来最畅销的经济书籍之一，他的名字在当时家喻户晓，成为美国第三大名人，仅次于爱迪生和马克·吐温。他的支持者甚至包括托尔斯泰、爱因斯坦、丘吉尔和威尔逊总统……

亨利·乔治在年轻的时候曾贫困潦倒，生活几乎将他逼到绝路。当他的妻子安妮生下第二个孩子时，乔治在日记中写道："我走在路上，下决心跟路上第一个所见面露慈善之色的人伸手要钱，我挡住一个路人——一个陌生人，我告诉他，我要5块钱。他问我要钱做什么，我告诉他说，我太太分娩了，但我却没有什么东西给她吃。他给了我钱，如果他没给的话，我想我会绝望地把他杀掉。"

乔治后来在《旧金山时报》的排字房谋到一份差事，在这里他开始崭露头角，成为新闻记者，同时他开始钻研经济学著作。由于自身的经历，乔治了解底层人民生活的艰辛。他痛恨那些并非靠本人努力并对社会提供有用服务，而是依靠其所拥有的有利地段的房产坐享成为的巨富。乔治对这种社会不公平现象深恶痛绝。

乔治认为，地租是一种"社会勒索"，它是一种不公平的社会成果分配形式，牺牲了工人与企业家的利益，而使地主坐收巨利。地租势必会造成地价的狂热投机，就像当时西海岸所发生的炒地皮现象一样，而这势必又将造成土地市场的崩溃，进而波及其他经济活动。

因此乔治的政治诉求是政府应该向土地征税，他说："对土地课以重税不仅可以使我们免除其他的苛捐杂税，同时也有利于提高工资，增加资本收益，消除贫困，提高就业率，扩大人类的自由发展，净化政府，并将文明引导到更高尚的领域。"据此，他提出了单一税理论。

后来乔治参加了纽约市长的竞选，他甚至在竞选中击败了罗斯福，仅以些微之差失利，他的单一税理论也成了他的宗教。1897年，年已老迈的乔治再度竞选纽约市长，此时他衰竭的心脏已不胜负荷，终于在选举前夕，他体力不支倒地长眠。

我们接着讲讲"大富翁"游戏第二个出场的人物，伊丽莎白·玛吉。

玛吉的父亲詹姆斯·玛吉是个演说家，他把亨利·乔治的《进步与贫穷》介绍给还在学生时代的玛吉，在这本书中，玛吉看到："平等使用土地的权利就像平等呼吸空气的权利一样明确——只要作为人而存在，便拥有这种权利。"

从此，玛吉成为亨利·乔治的终生追随者。她注意到当时流行的桌游，忽然想到能不能设计出一种游戏，阐述乔治的政治经济学体系如何在现实生活中发挥作用，并通过游戏使得人们更深入地了解亨利·乔治的学说。

玛吉把这个游戏称为"地主的游戏（Landlord's Game）"，并申请了专利，1904年1月5日，专利得到批准（第748626号）。玛吉解释说，这个游戏将是一个"现实的示范，可以看到目前的土地攫取所有通常的结果"。

1906年，玛吉搬到了芝加哥，在那里她遇到了丈夫阿伯特·菲利普斯，同时，玛吉还和亨利·乔治的另一些追随者成立了一家游戏公司。

此后，玛吉和阿伯特搬到了弗吉尼亚州的克拉伦登，玛吉最终设计出"地主的游戏"新版本，并获得专利版权（1509312号）。新版本有两个模式，分别为"垄断（Monopoly）"与"繁荣（Prosperity）"。游戏的第一种模式被称为"垄断"，其规则和我们见到的"大富翁"几乎相同。在环形布局的地图中，玩家可以通过购买地产、建设房屋以收取租金的方式来累积财富。而在垄断规则下，这场游戏最后只会有一名赢家，其余玩家必须破产才算游戏结束。

第二模式"繁荣"中，土地是由所有玩家共同拥有的，不为谁所私有。只要有人从买地中赚到钱，那么其他所有的玩家就都能从中获得收益。而这个设计，刚好就反映了乔治提倡的税收理论。

那繁荣模式怎样才算赢？就是当场上最穷的人，都能赚到初始资金的两倍时，这个游戏就可以宣告结束了。而游戏的赢家并非某一个人，反而是参与游戏的每一个人，皆大欢喜。

"地主的游戏"在校园中流行，不过可能过于烦琐，学生们开始改变游戏规则，比如当玩家走到房产的格子时，只需支付租金，玩家就可以进行拍卖或购买。他们还制作了自己的游戏板，这样他们就可以在自己的城市里玩这个游戏，使得游戏更加真实，他们把新的游戏板画在亚麻布上。

一位名叫露丝·霍斯金的妇女在印第安纳波利斯看到这个游戏，把游戏板的地点搬到新泽西的大西洋城，创造了一个包括大西洋城市街道名称的版本。

普林斯顿大学和哈弗福德学院的学生也对游戏进行修改，比如对董事会的设计进行了修改，将财产分组，允许添加建筑物，并根据所拥有的财产数量增加收取的租金数额。

到20世纪20年代末，游戏的版本已经从玛吉的最初设计中演变了不少。威廉姆斯学院的一个叫雷丁的年轻学生就用金融的名义制作了一个商业版，但游戏基本上就是"垄断"。

到了 20 世纪 30 年代，这个故事中的第三个重要人物查尔斯·达洛登场了。

查尔斯·达洛是个失业在家的无业人员，他注意到了这个游戏在大学生中流行的改进版，1935 年，达洛山寨了玛吉的"地主的游戏"，并向美国专利局提交了名为"垄断"的游戏并获得专利。显然这个游戏的真正起源并没有引起专利局工作人员的注意。

达洛随即把游戏卖给了玩具制造商帕克兄弟，当时正值美国经济大萧条，这款游戏给沮丧的美国人带来了欢乐，游戏被包装在一个白盒子中，随着全球销量的迅速增长，查尔斯·达洛变得富有了，帕克兄弟更是通过"垄断"获得了垄断利润。

1973 年，旧金山州立大学经济学系的安斯波教授设计了一个新游戏，他把这个新游戏命名为"反垄断"，当安斯波的"反垄断"游戏在商店货架上架时，米尔斯（帕克兄弟的继任者）对"反垄断"的专利侵权提起诉讼。在经过一场长达十年之久的法律诉讼后，法院认定安斯波教授侵权，数千份"反垄断"被销毁。

然而安斯波教授却意外发现了这款游戏的真正发明者，安斯波提出的历史证据表明，查尔斯·达洛基本上没有改变游戏的设计或规则，真正的版权所有者是伊丽莎白·玛吉。

事实上当帕克兄弟公司从达洛手里获得"垄断"游戏的专利后，很快就发现了其他同类游戏的存在，帕特兄弟公司的总裁罗伯特·巴顿于是找到伊丽莎白·玛吉，巴顿问她是否愿意接受她的游戏中的变化，玛吉一口拒绝道："不，这是传播亨利·乔治的单一税理论，我不会让我的游戏以任何方式改变。"

玛吉最后并没有获得专利费。但玛吉说，只要她能把乔治·亨利的单一税理论传到全国人民，她就是永远不赚一分钱，那也没问题。但是她坚持一点，游戏必须有"垄断和繁荣"两种模式。只有在"繁荣"中，人们才能体会到乔治的经济学理论的意义。

然而帕特兄弟公司最终还是违背了玛吉的意愿，又或许是人们更愿意看到"垄断"的那部分，所有的"大富翁"游戏，都在垄断地产，加盖物业，而没有共同繁荣。到了2015年，全球已经卖出了2.75亿份"垄断版"的大富翁。

亨利·乔治是一个"虽千万人吾往矣"弥赛亚式的人物，他坚持认为人们应该拥有自己劳动所得财产。在完成《进步与贫穷》后，乔治这样写道："在一个深夜的死寂中，我完成了最后一页，这时我忽然跪倒在地，像小孩一般哭了起来。"

玛吉继承了乔治的思想，她想通过"地主的游戏"这种寓教于乐的方式传播亨利的学说。然而事与愿违，人们在"大富翁"这个游戏中学习到的却是完全相反的东西，垄断土地、不断加盖物业、赚更多的租金，在这里，越贪婪越垄断越会成功。

人们早已把亨利·乔治和伊丽莎白·玛吉抛之脑后。

复式记账：拉开大航海时代的序幕

卢卡·帕乔利是一位意大利僧侣，他也是达·芬奇的朋友，同时他还是一个数学家。1494 年，他出版了著名的数学著作《数学大全》，这本书在印刷时同时采用了活字和雕版两种印刷方式，也显示了当时意大利出版业已初具规模。

这本用意大利语撰写的著作涵盖了几何、算术、代数、金融数学等，堪称一部"数学辞典"。书中有一部分描述了"意大利的"复式记账的技术。相比《数学大全》中的其他记载，这一部分看起来平淡无奇，然而正是这部分记载，使得卢卡·帕乔利成为"现代会计之父"。

帕乔利的记账方法基于一份流水账，流水账是对每笔资金流入和流出时间进行的记录。每笔交易都有两条记录：从一笔账目中"借"，在另一个账目中"贷"。因此，借方和贷方的记录就可以追踪随着时间的推移而进行的商业进程，在结账时两者必须相互平衡，不然就犯了错误。

复式记账的特点在于这是一种能够减少记录文件中错误的手段，然而它同时也成为一种思考方式：一旦你开始使用它，你就会开始根据账户和收支记录来思考这个世界。在这里，一个家庭不仅是一个家庭，它还是一系列支出和周期性收入的组合。

尽管卢卡·帕乔利被称为"现代会计之父"，但帕乔利并没有发明复式记账，他只是对相关技术进行了总结归纳。

1870 年的一天，人们在意大利佛罗伦萨近郊的普拉托小城，发现了 15 万封中世纪意大利商人留下来的书信。

这些书信的主人是一位名叫弗朗西斯科·迪·马可·达蒂尼的商人，他出生于 1335 年，主要经营以羊毛产品为中心的多种业务，他在佛罗伦萨、比萨、热那亚、巴塞罗那等多个城市都开设有分店。书信写于 1370 年至 1410 年之间，包括约 500 册会计账簿，约 300 册合作经营的合同，以及保单、船运提单、汇票、支票以及私人信件。

达蒂尼的经营范围很广，他从东方的拜占庭帝国进口铅和明矾，从黑海进口奴隶和调味品，从伦敦进口英格兰羊毛和毛织物，从马略卡岛进口羊毛，从威尼斯进口丝绸，从伊维萨岛进口盐，从突尼斯进口皮革，从西西里岛进口小麦，从加泰罗尼亚进口甜橙。达蒂尼还在 1399 年于佛罗伦萨开设了银行，并加入了金融行会。

从这些书信和账目可以发现，达蒂尼的账簿从 1384 年起，开始由单式记账变为复式记账，而不动产和有形资产的相关账目已采用折旧和摊销等现代会计处理办法。另外，坏账被明确认定为亏损。

比达蒂尼改用复式记账早半个世纪，热那亚的财务官员的记录和其他账簿中，就已经出现了复式记账的方法。还有一些观点认为，在印度数学影响下发明的"阿拉伯数字"起源于巴格达，而阿拉伯商人还发明了复式记账这种现代会计方法。

历史学家认为，文艺复兴早期的真正革命，不是经济上的，甚至也不是金融上的，而是在量化领域上的。在中世纪晚期，较大的意大利银行家的家族档案中包含了丰富的数字细节，佛罗伦萨的家庭和企业者通过仔细的记录追踪他们的金融财富。复式记账能够及时地核实资产在某一时刻的经济价值的能力，技术的进步将决定人们如何来审视这个世界。

人们运用复式记账不仅更容易检查出错误，而且根据原始数据制作的报告能更实时地反映出公司的财务状况。正是有了这种复式记账法，使得人们可以对地理位置偏远的企业进行投资，并对自己的资金使用情况了如指掌。

1492年，西班牙国王委派哥伦布率队航海东进，寻找由欧洲通向印度的捷径，以便在东方开展投资活动。当时的复式记账技术已经较为成熟，出版业开始日益繁荣。在随行的87人之中，还专门配备了一名会计，负责对各项投资进行考核，以保证股东的利润一个子儿都不少。

当英国东印度公司的远洋货船返航后，所做的第一件事就是拿出账本来结算分红。会计首先扣除船员的薪水和购买食品或用品的费用、修理帆船的花费等必要费用后，根据贸易赚得的利益，按照投资比例给投资者分红。这样的结算业务，通常要花费一年的时间。

正是复式记账这种技术的完善，使得彻底改变东西方命运的大航海时代也渐渐拉开了帷幕；也是因为复式记账的存在，才使得海外冒险及海外贸易的顺利发展，最终导致了世界上最早的跨国公司的诞生；同样，我们今天之所以敢在股市里购买素昧平生的陌生人经营的公司的股份，也同样为复式记账所赐。

庆贺彩带：华尔街繁荣的副产品

当我们在结婚、开业或者其他喜庆的时候，会抛撒彩色纸带以示庆祝，那么这一习俗究竟是怎么来的？

18世纪早期人们就知道电流可以通过专门线路进行长距离传输，但通过电流传输信息的这项技术，直到美国人塞缪尔·莫尔斯发明了电码系统，也就是电报才出现。莫尔斯向政府争取资金，不料政府不以为然。直到莫尔斯的一个合作伙伴史密斯，他也是一名议员，在1843年一个会议的最后几分钟趁乱把批准拨款的文件插进一个法令中，最终艰难地从国会争取到了3万美元的拨款。

电报的可行性一旦得到验证，便以惊人的速度推广开来。到了19世纪40年代末，美国几乎所有大城市都连上了电报系统。1866年，横跨大西洋的海底电缆铺设成功，这使得欧洲和美国从此实现了即时通信。提供国际电报的公司每字收费5美元，每分钟可传15～17个字。电报公司可以每年净收入几百万美元。但在其后的五年中，价格在竞争中不断下跌，许多公司破产，或者廉价转让。

电报的出现，使得华尔街成为这项技术最大的受益者。市场的大小取决于通信网络覆盖的面积，当电报一旦让即时通信成为可能，费城和其他各处的交易商从事纽约市场的买卖就能像在本地交易一样轻松，这使得这些地方的证券交易所变得一钱不值。证券商很快就聚集到纽约的华尔街，仅仅是因为买卖双方最理想的价格总是出现在最大的市场。

1867年，证券报价机问世，这是一种改良过的电报机。证券报价机通过电传纸把价格及时报给交易员，这也使得诞生了一批股市专家，这些专家在指定的股票交易中享有垄断权。如果你想交易，那你必须去专家的交易点，报出自己的出价，专家不收取任何费用。但是实际上他确实收入了一笔隐藏的费用，只是被流通过程伪装了起来：专家以一定的价钱买入，再以高于这个价位卖出，从中赚取差价。

电报和证券报价机的出现，不但繁荣了股市，还使得金融服务公司得以繁荣。

美国人亨利·瓦纳姆·普尔在1894年收购了《美国铁路杂志》，通过分析铁路债券的供求状况，对投资提出建议。1900年，相对于普尔对铁路股票的分析，约翰·穆迪开始分析普通事业公司的股票。这两家公司后来发展为今天的标准普尔公司和穆迪公司，均为著名的信用评级公司。

1882年，道琼斯公司成立，编写发行了统计股票和债券收盘价的《致读者下午信》。这种简单印刷品被称为"短消息"。1889年，印刷品扩大为报纸，并更名为《华尔街日报》。这期间，道琼斯公司接到顾客的投诉，顾客称受到纸质报纸的派送速度等影响，不能及时获得信息。因此该公司开始利用电报和电传纸带，也就是那些印有文字的细长纸条发布股价信息。同时，他们还开展了新闻资讯服务，也就是今天的道琼斯新闻。

利用电传纸带，这些公司的大客户在办公室就可以了解到最新的股价和新闻。

1912 年的泰坦尼克号沉没也和电报有关。"泰坦尼克号"就配备了当时世界上最先进的无线电报机，还有两位电报员。在它撞到冰山前，距离泰坦尼克号最近的另一艘游轮"加州人号"，已经被浮冰围困了一天。"加州人号"上的报务员伊利斯按照上司的要求，向外发送了冰山预警电报。而泰坦尼克号的报务员菲利普斯，正在船上忙于替那些富豪们收发昂贵的私人股票交易电报而错过了预警。

1929 年 10 月 28 日的美国股市出现大崩盘，卖单像雪崩一样毫无中断地倾泻下来，从洗碗女工到银行家，每个人似乎都在拼命卖出。有些卖单是非自愿的，是投资者受到追加保证金要求，不得不忍痛"割肉"变现。这一天道·琼斯指数一泻千里，跌幅达 22%，创下了单日跌幅最大百分比，交易量达到了天文数字般的 1600 万股，创下了此后近 40 年中的最高纪录。

这一天的证券报价机打印的报价纸带超过了 15 万英里。据说自动报价机源源不断地打出所有交易的报价纸带，直到闭市后 4 个小时才结束。

这些作废的纸带还有什么用呢？在华尔街，交易员兴奋或沮丧的时候会抛撒这些纸带。在后来的庆祝士兵凯旋等游行中，纽约的百老汇形成了纸带游行，也就是抛撒纸带纸屑的传统。这些纸带和纸屑，就是用电传纸带剪碎做成的。这些习俗被一直延续下来，当新人从汽车中下来，亲朋好友开始抛撒纸带，也许他们想不到，这居然和一百多年前的华尔街股票交易有关。

汽车：瘟疫和火灾创造的偶然路径

我们的汽车能源大多采用燃油（汽油或柴油）和电力，随着环保的要求，在未来，电动汽车还可能完全替代燃油车，那么为什么我们的汽车不是使用蒸汽作为动力呢？

这个问题看起来有点"白痴"，又笨拙又低效的蒸汽锅炉怎么能和设计精密的现代汽车发动机相比，然而真相并不是这样的，只是因为一件小事，让人类和蒸汽汽车分道扬镳。

汽车曾一度是蒸汽动力的天下。17 世纪就已经有了蒸汽汽车的雏形，1801 年，英国人理查·特里维西克制造出了装备高压蒸汽机的"伦敦蒸汽马车"，它在平路上时速为每小时 9.6 公里，是第一辆真正投入市场的蒸汽机车辆。1827 年，英国嘉内公爵将自己发明的蒸汽汽车投入商业运营，它能够运载 8 人以上，行驶路程也打破了之前的距离纪录。

到了 19 世纪中期，蒸汽汽车已经在欧洲和美国开始流行，甚至很多地方都在使用改良后可以运载多人的蒸汽公交车，蒸汽汽车一片光明前景……

在 1890 年左右，市面上有三种方法给汽车提供动力：蒸汽、电力和汽油。然而汽油动力的表现明显比其他两种更差，汽油动力发动机所取得的胜利并非一种预料之中的结论，譬如，托马斯·爱迪生就曾设计出一款蓄电池动力的车辆。1899 年，一位智者也曾预言说"变电站在美国将会遍地开花"（这个预言提早了一百多年）。

不过更多的地方公路上则是蒸汽动力车辆的天下，因为蒸汽在驱动火车轮船方面的表现显然非常优异。在 20 世纪最初几年里蒸汽动力汽车制造商超过了 100 家，其中佼佼者当属斯坦利蒸汽汽车公司（Stanley Steamer），该公司生产的汽车因速度快而颇富传奇色彩。1905 年该公司生产的蒸汽动力汽车时速已经达到每小时 127 英里，而且驾驶起来很是舒适。

那么使用内燃机的汽油汽车是如何走上历史舞台的？斯坦福大学经济学教授布莱恩·阿瑟致力于研究技术发展和进化的轨迹，他在《技术竞争和经济预测》一书中，用"路径依赖"解释了这个过程。

1895 年芝加哥《时代先驱报》主办了一场"不用马拉的车辆"比赛上，因为种种偶然原因，其他车辆都没顺利到达终点，获胜者是一辆汽油驱动的汽车，这次比赛激发了发明家 R. E. 奥茨的灵感，他在 1896 年申请了一项汽车动力来源的专利。

在奥茨的公司创立第一年，他只是小试身手就制造了 11 款不同型号的车，除了蒸汽动力和内燃动力车以外还包括汽油动力车。可是 1901 年 3 月厄运不期而至。奥茨的工厂毁于一场大火，几乎所有样车都化为灰烬，幸运的是，还有一辆接近完工的汽油动力车幸免于难，这辆车非常轻，一个人就能把它推到安全地带。这辆非常偶然幸存下来的样车，是那种廉价的低成本样车，奥茨认为这款车有更大的市场空间。所以大火刚一扑灭，奥茨便迅速开始投产。

他生产的这款廉价汽车就是为世人所熟知的"曲锐型奥茨车"，这款使用汽油做动力的车因车的底板向上弯曲形成仪表板而得名。在设计上，"曲锐型奥茨车"似乎显得笨拙别扭，就像一辆没有马拉的车一样，通过座位边上的曲柄和一个好像舵柄一样的操纵杆来操纵。车上有两套前进装置，一套后退装置，还有一台单缸发动机。就风格而言，这款车没有任何亮点，不过它仅售 600 美元，许多美国人都消费得起。

奥茨不但是个工程师，还是个天才营销大师，他驾驶大功率的"曲锐型奥茨车"参加了第一届汽车赛。1903 年，他的公司卖出了4000 辆汽车，比美国其他汽车制造商的销量都要高，两年后就达到 6500 辆。"曲锐型奥茨车"成为美国历史上第一款大众化汽车。

然而蒸汽车并没有因此被打败，直到另一件意想不到的事件彻底扭转了它的命运。

1914 年，北美地区爆发了口蹄疫，这种疾病导致了马匹饮水槽退出了历史舞台，而饮水槽恰恰是蒸汽汽车加水的地方，这就殃及了蒸汽汽车。虽然斯坦利兄弟后来发明了一种冷藏器和供热系统，使得蒸汽汽车不必每走三四十里就得加一次水，无奈蒸汽汽车此时已经大势已去……

在接下来的一百年，无数工程师、发明家的研究使得燃油汽车日臻完善，市场所有的标准都为燃油汽车而设，所有的资本都投向燃油汽车，这就是技术上所谓的"路径依赖"。

布莱恩·阿瑟说：这是一个自我加强的循环，在这个循环中，以现有的投资和基础设施为基础，我们会以某种方式按部就班地做事；要是我们从头开始，以不同的方式去做，也会陷入"路径依赖"的循环当中……如果对两者的研究与开发投入同等的资金，谁也无从知道技术突破会在哪里发生，也许今天的我们正在开发下一代蒸汽动力的汽车。

小丑：第 53 张神秘扑克牌

扑克牌的起源一般被认为是由法国的塔罗牌演变而成，早期的扑克牌很可能是在 14 世纪末叶由埃及传入欧洲的。当时的扑克只有 52 张牌，并没有今天所谓的"大王"和"小王"。

大约在 1850 年，一些扑克厂家开始在牌中加入第 53 张牌，这第 53 张牌有很多作用，比如作为替换牌（Extra card），当一副牌中的某张牌丢失后，可以用这张牌替换。有时它还作为商标牌或者广告牌，即这张牌印刷了扑克厂的商标，或者加入一张商品广告，既可作为替换牌，也起到了广告作用。

这 53 张牌的出现很快就风靡了整个北美洲，英国传统的扑克和法国一样，都是 52 张牌，大约在 19 世纪 70 年代，为了扩大在北美的销量，英国的一些厂家正式生产 53 张一副的扑克。

这第 53 张牌当时并不是叫"JOKER（小丑）"，"JOKER"这个称呼出现在 1860 年到 1880 年之间，有人认为，这和塔罗牌主牌的零号牌有关，那张牌名为"Fool"，其图案为一个流浪汉。1900 年以后，绝大部分厂家生产的扑克都带有这张 JOKER。

为什么这第 53 张牌能受到广泛欢迎？除了替换丢失的牌或者植入广告这些功能外，真正让这张牌开始流行的，是它另一个功能，即"万能牌"，所以这第 53 张牌又称为"wild Cards"或者"joker wild"，它的功能是可以替代你所希望的任意一张牌。

万能牌之所以大受欢迎，是因为它还有一个很隐蔽的功能，即加大玩牌人的赌注。

人类有一个特点，即对概率计算的能力可谓非常糟糕。

有个例子可能说明这个问题：美国报刊出版商票据交换所（Publisher's Clearing house）在苦苦挣扎了多年之后决定，不再给新会员颁发中等数额的奖金，而代之以低概率的巨额大奖。一位管理人员说："人们不关心概率，只在乎奖金。"虽然奖金额增加了，但中奖的机会大大减少了。令人奇怪的是人们竟对此趋之若鹜。为什么？这说明我们在估算极不可能的事情上能力低下。

为什么我们对概率计算这么不在行，有一种解释是我们祖先生活的世界里没有多少人。以捕猎采集为生的群体规模也非常小，科学家们借助于不断发展的科学技术，对地质环境以及气候变化进行了深入的分析，结合基因等方面的信息，科学家们发现在 7 万年前人类的规模只有 2000 余人。

看到别人在电视里中大奖的时候，我们的大脑想象不到现代人口的巨大规模，它们在我们的基因经历中从未出现过。本能告诉我们，自己的运气也差不到哪儿去，所以也许我们也应该效法那些中奖者。可事实是我们中奖的概率比想象中的要低得多。

人类对奖金的大小和概率的信息是大脑的不同部位处理的，对金额是本能的反应，而对概率需要理性的计算。人类对数字和信息处理的能力比我们想象的要差得多，人类在基因中对百万分之一、千万分之一根本没有任何概念。

人类还对自己过于自信。

在美国的一项经典调查中，一个大学委员会要求高中考生根据多项标准做自我评估。85%的学生认为自己的人际交往能力高于一般水平，70%的学生认为自己的领导能力比一般人强，60%则认为自己在体育方面比一般人有优势。

研究人员在对大学生的另一项调查中，那些被调查的大学生普遍认为，和同龄人相比，自己更快乐的可能性超过50%，拿到好薪水的概率比其他人高21%，而认为自家孩子比别人家孩子更可爱的概率则超过6%。此外他们还认为自己酗酒的概率比其他人低58%，离婚的概率低49%，患心脏病的概率低38%，甚至自己买的车变成一堆"废铁"的可能性也比别人低10%。

研究人员对3000位刚刚创业的企业主进行调查，在要求他们对"同类企业"的成功概率进行评价时，只有39%的人认为成功的概率至少不低于70%。但是，在要求他们对自身业务的成功率进行估计时，有81%的企业家认为成功率不低于70%，而认为失败可能性为零的人，居然占到了1/3。要知道，就平均而言，大约有50%的新企业在5年之内即宣告失败。

一方面是对概率的计算不在行，另一方面是对自己又超级自信，所以当"万能牌"出现后，因为手里的牌会变好，因此扑克玩家的自信心更加爆棚，觉得幸运站在自己的一边。同时由于万能牌的出现，人们更难以重新估算对手出现好牌的概率。

因此，每个玩家都信心十足，赌注就不断升级。而人们对玩扑克也更加上瘾。

这有点像我们麻将牌中的"财神"（有的地方称为"百搭"），用固定牌或随机翻牌作为"财神"，当麻将中出现四张"财神"后，人们计算概率的能力显著下降，而自我感觉却上升，这就使得有"财神"的麻将赌注会增加。

人们的这种弱点其实很早就被商家认识到，比如彩票公司发行的彩票，通常的规则会是这样：在 1 至 51 的数字之间任选 6 个数字，如果这 6 个数字和开奖抽出的 6 个数字一致，那么恭喜你中大奖了。

彩票公司之所以这么做，而不是让人们在 1 到 1800 万之间任意抽取一个数字（两者的概率是一样的），吻合就能中大奖，是因为前者更能迷惑彩民，对概率产生错误的计算，大大提高了心目中的中奖率，从而使得彩民趋之若鹜。

来自日常事物的好奇心

泡面：充满诱惑的三分钟

你饥肠辘辘地撕开泡面的包装袋，迫不及待地倒入开水，然后开始了世界上最漫长的 3 分钟等待。

然而，发明泡面的日清食品公司在接受电视采访的时候，透露出一个大秘密，其实，很早之前就可以作出 1 分钟的泡面了。对泡面来说，如果想泡的时间短，只要把面条做得细一点就可以了，这样面条很容易泡烂，水倒进去烫一烫就可以吃。而且别说日清公司了，世界上其他方便面公司，也早就发现了这个事实。但为什么没有公司投入生产让大家能够更快地吃到的泡面呢？

答案就在于等待，这 3 分钟的等待中，你要空着肚子，忍受着泡面的香气，原本肚子饿的你就会更饿，这种情况下吃到的泡面，会觉得格外好吃。

这些商家似乎深刻地了解人类的大脑回路。

在我们的大脑中，有一系统被称为"期望回路"，它们广泛分布在大脑的整个反射部分，就像分布在大城市中心区星罗棋布的商业办公网络一样，而位于大脑额叶最后部的伏隔核则是这个收益预期网络的核心中转站之一。

在我们预见到经济收益时，伏隔核会逐渐变得兴奋。不过一旦你真正赚到钱，预期带来的热望就会冷却下来，进而在反思系统中产生一种不温不火的满足感，相比前面的火爆，这种满足感就显得苍白无力了。也就是说：我们预期的快感要比实际体验到的快感更强烈。

斯坦福大学的神经科学家布赖恩·克努森在他的实验室里做过一个实验：实验人将看到各种各样的标志：其中圆圈代表可能赢钱；方框表示可能输钱。所有的图形闪现的时间只有 2～2.5 秒钟，这就是所谓的“期望”阶段。在这段时间里，实验人只能焦急不安地等待圆圈或方框的出现，即赢钱或输钱。

之后，屏幕上瞬间闪过一个白色的圆圈，要赢得屏幕上刚刚显示的金额，或是避免输掉所显示金额，就必须在出现提示的那一瞬间按下按钮。按得太早或太迟，都会错过挣钱的时机或是输钱。

这个实验最有趣的发现在于，布赖恩·克努森通过功能性磁共振成像扫描仪发现，每当实验者及时按下按钮而得到奖金的时候，只能感到一种淡淡的满足感，与在“期望”阶段等待中体会到的那种狂喜和热盼相比，根本就不足挂齿。事实上，在实验中，得到奖金时伏隔核中神经元的活跃程度，远没有期盼得到奖金时那么强烈。

科学家通过对动物的实验也发现了这一点：当科学家给动物喝了一口果汁后，结果和预期的一样，动物脑中的多巴胺含量上升，因为多巴胺是对喝果汁的愉悦的奖励。但是给动物喝了更多的果汁后，奇怪的事情发生了，动物大脑中的多巴胺含量的上升先于喝果汁的动作，也就是说，只要有足够的线索能够预示喝果汁的动作将要发生，比如一个声音或是一个影像，动物大脑中多巴胺含量就上升。换句话说，只要动物接收到信息，预测愉悦的事马上要发生，多巴胺含量就会上升。

等待和期望如此让人兴奋，以至于商家不断利用我们这个特点来提高商品销量，比如你购买刚刚发布的最新款的苹果手机，你或许需要等上一两个礼拜（有时甚至是一个月）才能到货，而这一两个礼拜中，你每天沉浸在想象使用最新款的手机的快乐中，这种快乐甚至会超过你真正拿到手机的那一刻。

哈佛医学院的神经学家汉斯·布莱特认为，"在饥肠辘辘的时候，我们用很长时间为自己烹制一顿美餐，而烹制本身构成一个愉悦的刺激过程。但是在我们享用这顿美味时，也许根本就不会体验到烹制过程中幻想到的愉悦。因此，刺激程度最强烈的是期望过程，而不是最终期望的实现"。

同样，赚钱的滋味的确很美妙，而那种幻想赚钱的感觉更美妙。当我们买进一支股票之后，我们似乎看到了它继续上涨的可能性。你的想象力有多丰富，你就有多兴奋。但结果本身（比如说股票买进之后的上涨）很少会如此令人振奋，尤其在我们始终抱着一个目标的时候更是如此。而最有可能的结果是——希望越大，失望越大。

保龄球：击中华尔街的狂热

20 世纪 90 年代，国内大街小巷都是保龄球馆，感觉不比现在的麦当劳餐厅少，节假日球馆中此起彼伏的滚球撞击柱子发出的哗啦啦声，成了那一代人的记忆。

然而这股热潮来得快去得也快，那些投资保龄球馆的人很快发现，市场已经出现了饱和，人们的娱乐也越来越多元化，但房租却越来越贵，新千年之后保龄球馆开始不断歇业倒闭，红极一时的保龄球热就此偃旗息鼓。

假如那些投资商了解经济史，也许就不会这么盲目地把钱投在保龄球上，因为这股泡沫在 20 世纪五六十年代的美国同样发生过。

美国纽约珍珠河镇有个名叫乔治·贝克尔的保龄球馆老板，他常常为缺乏摆放保龄球的球童而感到烦恼。

在他的球馆中有一个常客，他是一位名叫戈特弗雷德·施密特的工程师，他就在街对面的一家造纸厂工作，这家工厂为造纸折叠行业生产制造机械。

施密特热衷于玩保龄球，1936年的一天，施密特又玩起了保龄球，但是他玩得非常不过瘾，因为每次都需要手工去摆放球柱，于是这个工程师想到，要是有一台机器能自动摆放球柱就好了。他想到能不能像折纸机那样利用吸力来制作自动摆放保龄球柱的机器。施密特动手能力很强，他联合了一些汽车制造工人和另外一个工程师组成一个小组，约翰·麦克罗伊是施密特公司的一名绘图员，他为这项新发明起草了一些蓝图。他们在一个闲置的宰杀火鸡的农场里建造出了第一台自动摆放球柱的设备。

　　当时还处在美国经济大萧条期间，条件有限，这些发明家只能利用废金属、自行车链条以及二手车部件进行组装，一年之后，施密特成功制造出一台自动摆放保龄球球柱的机器模型并申请了专利。

　　施密特随后拜访了为布伦瑞克公司（一家保龄球器材生产公司）工作的鲍勃·肯尼迪。鲍勃把施密特的发明推荐给了布伦瑞克的老板，但老板对这个自动机器却不感兴趣。

　　1937年，鲍勃离开布伦瑞克，在纽约的美国保龄球公司的销售部工作。一天，他又来拜访施密特，并建议他们联系美国机器与铸造公司。

　　美国机器与铸造公司（AMF）是一家专门为面包房和烟草工业制造机器的公司，这家公司的副董事长莫尔海德·帕特森是个有眼光的业余发明家，当他看到施密特的发明后马上意识到，如果加上合理的营销，这项发明可以使保龄球产业发生天翻地覆的变化。

　　保龄球在20世纪30年代并不是一项高雅的运动，由于保龄球馆需要球童来摆放球柱，而顾客和球童之间常常发生争吵，同时保龄球馆还会发出巨大的噪音，于是打保龄球会被当成不道德的行为受到抨击，同时由于人工摆放也限制了同时开放的球道数目。帕特森觉得，这个摆放球柱的自动装置可以给保龄球带来革命性的变化，于是他找到施密特，并为他提供了一份工作。由此，施密特成为美国机器与铸造公司的一名员工，而公司也顺利取得了对施密特专利的控制权。

随之而来的是第二次世界大战，美国机器与铸造公司忙于生产军工产品，直到战后公司才着手生产和完善这套设备，1946年自动球柱摆放设备首次公开亮相，这个自动装置高7英尺9英寸，每台重量超过两吨，但仍有不少细节没有处理好。到了1951年密歇根州的一个保龄球馆才正式采用首套自动球柱摆放设备。

帕特森预想得没错，施密特的设备让保龄球变得有趣和方便，不断壮大的中产阶级开始喜欢保龄球，这种运动变得老少皆宜，到了20世纪50年代晚期，美国已经有超过100万的人口每周至少玩一次保龄球。

保龄球击中的似乎不单是球柱，还有华尔街，在1957年到1958年间，美国机器与铸造公司与保龄球器材制造商布伦瑞克的股价翻了一番。小一点的保龄球公司也纷纷上市，只要听到"保龄球"三个字，投资人就迫不及待地把钱投给你的项目。在美国，保龄球馆遍地开花，到了1960年，美国已经有12000家保龄球馆，总共有11万条球道，在那个保龄球泡沫化的年代，投资者在这个行业总共投入了20亿美金。

华尔街在这场泡沫中推波助澜，很多分析师认为，在很短的时间内，平均每个美国人每周都将在保龄球上消磨两个小时，一个叫查理·施瓦布的分析师说：估算一下，1.8亿人每周会花两个小时玩保龄球，那一年的保龄球娱乐消费量该有多庞大。

钱像雪片一样飞到了保龄球领域，相关的股票得以爆炒，而保龄球公司也乐观地看好前景，用这些资金继续扩大球馆建设，很快，保龄球市场就趋于饱和和过剩，同时随着时间的推移保龄球运动也越来越不吃香。保龄球行业走到它生命周期的衰亡期，到了1963年，保龄球股票与它的历史最高峰相比下降了80%。

我们今天分析保龄球投资的泡沫，会发现很多有意思的东西。在任何领域获得成功后，人们便会有一种自然倾向，采取新行动，开发新技巧，以求获得更大的成功。人们还存在一种感觉，这就是认为价格会不断上涨，在泡沫达到顶端之前人们的预期往往过于乐观。

回顾这些泡沫，我们会想起诺贝尔经济学奖得主罗伯特·希勒所说的"反馈环"，在反馈环理论中，最初的价格上涨导致了更高的价格水平出现，因为通过投资者需求的增加，最初价格上涨的结果又反馈到了更高的价格中。第二轮的价格上涨又反馈到了第三轮，然后反馈到第四轮，依次类推。因此诱发因素的最初作用被放大，产生了远比其本身所能形成大得多的价格上涨。

在保龄球投资泡沫中，每个人看起来都喜欢保龄球股票，投资者希望拥有它们，这反过来使这些股票看起来更加诱人，美国机器与铸造公司的股票进一步上涨又坚定了投资者的这些信心，人们相信这些股票只赚不赔，还有大把的人想从你手里把这些股票买走。随着这类股票的持续上涨，那些激发人们进行独立分析的动力，对这个行业表示怀疑的动力消失了，市场被过度的乐观蒙蔽，每个人都相信保龄球就是这样一种神奇的东西。

　　罗伯特·希勒说，不管哪一种反馈环理论在起作用，投机性泡沫都不可能永远持续下去。投资者对股票的需求也不可能永远扩大。当这种需求停止时，价格上涨也会停止。

棉质衣服：一个贸易保护的荒唐故事

如果内衣用羊毛制成，不但昂贵而且穿着不舒服，要是使用棉布就又舒服又便宜。但是棉质衣服不是你想穿就能穿，至少在17到18世纪的英国是这样的。

在17世纪早期，英国羊毛行业全球领先，该行业成为英国经济的支柱产业。

虽然羊毛业确实是英国经济的中心，但羊毛对于英国普通民众来说还是相当的昂贵，即便是英国中产阶层也没有几件羊毛料的衣服。同时羊毛衣服接触皮肤后让人感觉痒痒的，而且它还很难打理，此外在英国潮湿的夏天它们穿起来又热又湿。

早在两千多年前，印度人就已经知道棉花了。也发明了一种很近似现代轧棉机的机器。棉花比亚麻纤维更容易纺成纱，而且穿起来更加舒适。终于到了17世纪50年代左右，印度的手工棉质印花布和平纹细布开始涌入英国市场。

这对英国消费者来说是一个好消息，它们将英国人从难受的毛料衣服中解脱出来，这些布料色彩艳丽多样，穿起来柔软舒适、无痒感，同时它们更价廉、质轻、耐洗。

印度的纺织品可能是最早在全球畅销的工业品。1691年，东印度公司的高管们关于印度服装这样写道："任何数量、类型的印度棉质衣服都应该运往英国，此时在英国印度的一切产品如此畅销，你们必须保障运输万无一失。"

正当英国消费者渴求廉价舒适的印度衣服时，有一个行业却遭受灭顶之灾，这就是羊毛行业。英国的毛纺织厂大批倒闭，仍在运营的纺织工厂也大幅裁员，与之相关的行业以及羊毛产区的业主也都遭受严重的损失，失业工人开始逃往爱尔兰和荷兰。

在许多产区，失业率高达50%以上，致使一半左右的男人、多数女人和儿童靠教区的救济金度日。17世纪晚期，英国议会爆发反棉质衣服进口的抗争，毛纺织利益集团主张限制进口棉质衣服。

《鲁滨逊漂流记》一书，如今常被视为是自由贸易的宣言，而且反映了日益壮大的英格兰商人阶层的集体精神，该小说作者笛福在经济方面可以说具有远见卓识，但是在进口棉布这件事上，他站在了保护主义这一边，他专门出版了一本小册子，宣扬反对进口布料的理念。

在英国毛纺利益集团的努力下，1689年英国议会通过一项法案，该法案规定仅可在夏天使用棉质衣料：从万圣节到天使报喜节期间，所有人，不管是谁，都只能穿羊毛料的衣服。

到了1699年设立的法案规定：所有的地方治安官、法官、大学学生以及普通法和民法教员全年都必须穿羊毛料的衣服。

当然，这些不靠谱的规定着装的法令注定会失败，毛纺利益集团又开始将注意力转向弱势权力群体。他们的论调很无耻，在他们眼里即便是再穷的人也买得起羊毛料的衣服。于是议会通过一项法案：要求收入在5英镑以下的女佣只能戴羊毛料的帽子。

1700年英国议会还通过了一项更加奇葩的法案，该法案满足了毛纺集团部分期望，只有一个消费群体必须穿羊毛料衣服，他们不会因此过敏，而且该群体比女佣还要弱势。该法案规定：在下葬时任何的遗体只能穿羊毛料的衬衫、内衣，用羊毛料的床单或裹尸布。

可惜这个群体的消费能力实在太差了，每个英国人一辈子只有一次升天堂。因此这个有限的市场不足以恢复英国毛纺织业昔日的繁荣景象。

1701年，英国议会针对国人发布了一项令人诧异的"印花棉布法案"。该法案规定：从1701年9月29日开始，所有英国人四季都不得只穿轻质的棉料衣服。

早在1697年，斯帕托菲尔德的毛纺织工发生暴动，到了1719年，他们将斗争蔓延至街头。毛纺工人十分坚定地宣布与进口白棉质布料的斗争，因为是棉布进口抢走了他们的生计。所有的男性毛纺织工人不仅开始在伦敦街头抗议和抢掠，而且还袭击女性。当时的新闻报道充斥着他们针对身穿棉质衣服的"骚乱""暴行""恶言"的字眼。

暴力行为还不够，还有各种添油加醋的谣言。1700年的《英格兰年鉴》充满偏见地写道：戈尔多芬男爵和昆斯伯里公爵姐妹都是因衣着平纹细布和睡袍烧死的；弗雷德里克夫人的孩子身穿印花布连衣裙被烧死；圣·保罗学校的房子因使用印花布的床单和窗帘而着火；哥本哈根的一家剧院印花布挂饰着火，在场的三四百人被烧伤。

然而，贸易保护并没有消灭人们创新的本能，被火烧死的恐怖故事也没有阻止人们尝试棉布。消费者对棉质布料的需求依然旺盛。英国进口的普通未印染的平纹细布价格依旧很低，英国的企业家很快就想出了印染棉布的工艺，并且迅速实现机械化生产。英国诞生了新的行业，并几乎迅速发展壮大。

1702年，几乎在"印花棉布法案"生效一年之后，英国贸易和种植委员会开始抱怨贸易保护意想不到的结果：虽然期待禁令能够阻止国人购买国外棉质的衣服，但后来发现允许进口白棉质布料已经引起本国印染工艺的蓬勃发展。目前的情况比"印花棉布法案"通过之前更为不利。

18世纪的诸多发明，使得纺织机的效率在几十年间增加了近百倍，但是英国并没有这么多的羊毛，如果想用羊毛取代1830年英国所进口的棉花，就需要超过93万平方公里的土地养羊，也就是把全英国的耕地、牧地都拿来养羊也不够。而且如果继续用羊毛取代棉花，问题只会越来越严重，因为从1815年至1900年，英国棉花的进口增长了19倍。

英国潮湿的夏天，被迫穿着毛料衣服的人们进行着思索。当水力纺纱机、珍妮纺纱机、蒸汽纺织机到来时，英国的棉纺织业为世界开启了工业革命的全新时代，那些奇葩的法律则被抛在了历史的身后，而贸易保护的幽灵，则不时死而复生。

餐巾：一条名留史册的餐巾

阿瑟·拉弗出生于1941年，在尼克松执政期间曾担任美国行政管理和预算局经济学家，里根执政期间是总统经济政策顾问委员会成员。拉弗早年默默无闻，让他载入经济史的，是他在1974年提出的"拉弗曲线"。

和其他重要的经济理论不同的是，拉弗曲线并不是这位经济学家精心研究的结果，它的出现仿佛是一个偶然。

关于拉弗曲线的故事是这样的：

1974年拉弗在华盛顿特区"两大陆餐厅（Two Continents）"与白宫的两位高官，迪克·切尼和唐纳德·拉姆斯菲尔德，以及《华尔街日报》副总编、综合经济分析公司总经理裴德·万尼斯基共进牛排晚餐。拉弗为了让在场的诸位明白只有通过减税才能让美国摆脱"滞胀"的困境，拉弗随手把餐巾铺在桌上，画了一条抛物线，这就是"拉弗曲线"，也被戏称为"餐桌曲线"。

说者无心听者有心，万尼斯基对拉弗的理论大加赞赏，也利用记者的身份在报纸上鼓吹宣传，称拉弗是"我们时代的萨伊（供给学派的著名经济学家）"。万尼斯基在1978年出版的《世界运转方式》中详细记录了这件轶事。

凯恩斯主义盛行时期政府对于经济的干预程度大为提高，政府的财政支出不断提高，所需要的财政收入相应也就更多，因此政府倾向于高税率。可是高税率在一定程度上限制了人们创新的热情，由此限制了经济的增长。当时的美国陷入了"滞胀"的怪圈，政府迫切需要实行适当的经济政策，而拉弗曲线正是主要针对这样一个问题而出现的。

拉弗曲线用直观的方式，描绘了政府的税收收入与税率之间的关系，当税率在一定的限度以下时，提高税率能增加政府收入，但超过这一限度时，再提高税率反而导致税收减少。

1980年1月，里根竞选上了总统，其竞选班子特别安排了一些经济学家让他学习一些治理国家必备的经济学知识。第一位上课的正是拉弗，他利用这个机会，再次提出了他的减税主张。当拉弗说"税率高于某一值时，人们就不愿意工作"时，里根兴奋地站起来说："对，就是这样，二次大战期间，我正在'大钱币'公司当电影演员，当时的战时收入附加税曾高达90%。我们只要拍四部电影就达到了这个税率范围。如果我们再拍第五部，赚来的钱将有90%给国家交税了，我们几乎赚不到钱。于是拍完第四部我们就不再工作了，到国外度假去了。"

多年以后，在万尼斯基去世后，他的妻子在丈夫的文件堆中找到了一块画有拉弗曲线的餐巾。这块餐巾后来被美国国家历史博物馆收藏，馆长彼得·利布霍尔德在博物馆的网站上这样介绍这块餐巾："我非常幸运地收藏到一个令人称奇的故事，这是一个关于美国商业历史的故事，一个关于政治变革、经济革命和社会影响的故事，这可是货真价实的故事。"

整个故事到这里似乎非常圆满了，可是仍然有一个问题。就是拉弗本人否认了这个餐巾故事。他是这么说的："关于万尼斯基所说的故事，我只有一个问题，那就是餐厅使用的餐巾是用布做的，而我母亲从小就教育我不要亵渎美好的事物。行吧，这是我这个版本的故事，我不会改口。"

拉弗并没有在餐巾上画什么图形，但这个曲线中表达的理论却是真实的。万尼斯基作为一个记者，成功地塑造了一个好故事，通过这个故事，让减税的理论变得家喻户晓。诺贝尔经济学奖得主罗伯特·希勒说："拉弗曲线和餐巾的故事之所以出现病毒式的传播，可能是因为这个故事传达出紧迫感和顿悟，这个想法是如此惊人，如此重要，以至于一位经济学教授不由自主地在一家高档餐厅做出一些不合时宜的举动，以便让政府官员了解它的不同寻常之处。"

里根在执政期间，接受了拉弗提出的减税主张，其影响遍及欧美大陆。美国国内掀起了一股减税的热潮。政策实施前美国的边际税率高达70%，经过里根大刀阔斧的改革，边际税率两年后减至50%。在这个过程中，各种税收全面削减，使得企业投资增加，进而增加了劳动力的需求，从而增加了社会总供给。社会对劳动力的需求进一步增加，社会失业率由此下降。

把整个宏观税收体制用一条简单的曲线来刻画，的确是把问题看得过于简单。但这条曲线让美国人直观地认识到了税率和税收的关系，最终改写了历史，成为"一个关于美国商业历史的故事，一个关于政治变革、经济革命和社会影响的故事"。

最后一个问题是，被博物馆收藏的，万尼斯基保存的那块餐巾到底是哪里来的？

车票：来回票价为何不一样

有一次，我坐长途车从杭州去江苏同里，开车的司机是个说当地话的小伙子，当下车时，我向他询问了去古镇的路线，他热心地给我指点。在我回来的时候，发现乘坐的是同一辆车，开车的还是那个小伙子，连车载电视播放的 DVD 也是同一本。不过我还发现，从同里到杭州的车票，要比杭州到同里便宜好多。

我有点好奇，为什么同样的里程，同一辆大巴，同一个司机，来回定价会不同？

我觉得比较合理的解释是，来回车票的发售属于两个不同的管理部门，一个属于浙江，一个属于江苏，因此可能由于两地的物价标准不同，使得车票价格有所差异；另一个可能的原因是进站费用、服务费用的不同，毕竟杭州车站的固定投资比较大，还配有安检机器等，而同里只是一个小站，站台的固定投入要小得多。

本来这件事情到此为止，不过后来我发现，经济学家对这类事情的解释要有趣得多。

美国经济学家罗伯特·弗兰克说，你如果从密苏里的堪萨斯城飞往佛罗里达的奥兰多，并于一周后返回，那么你在网上订到的往返机票价格是240美元，可如果你住在奥兰多，想在同一日期坐同一航空公司同样的飞机飞往堪萨斯城，最低的往返价格为312美元。那么上述两条线路，乘客搭乘的飞机消耗同样多的燃料，享受同样的飞行服务，为什么机票价格差这么多呢？

答案在于价格歧视，也就是根据不同目的地的消费者，商家定出了不同的价格。如果你是从堪萨斯城飞往奥兰多，你很可能是要去度假。你可以选择去许多不同的地方，比如夏威夷、巴巴多斯或者坎昆等等。由于度假者有许多目的地可以选择，航空公司必须激烈地争夺此类生意。既然较大型的飞机飞行成本更低，航空公司有着充分的理由用较低的票价，锁定对价格更为敏感的顾客，也就是度假者，从而坐满飞机上的空座。

可要是你从奥兰多飞往堪萨斯城，你多半是出差，或是因为家庭原因而出行。你没有别的目的地可选。商家料定你非去这里不可，因此，从奥兰多出发的旅客必须支付更多的机票钱。

同样的道理，从杭州出发去同里，目的地非常明确，不可能去别的地方，因此，这个定价就会相对较高。而从同里到杭州，很可能杭州只是一个中转站，通过杭州再转车到其他的地方，这样交通路线就会有很多选择，比如选择直接去目的地城市的其他交通工具，或者选择去上海或者苏州去转车，因为多样化的竞争性选择存在，所以车票的价格会定得更低。

关于来回车（机）票价格不一，这个现象普遍存在，以上种种原因，不过是我推测，如有机会，一定拉住那个同里的司机，问问其中缘由。

头盔：消失了的偷车贼

在移动支付越来越普及的今天，小到买一瓶矿泉水，大到购买汽车，人们都会选择用支付宝或者微信等支付。这件事也带来了一些人们没有想到的结果。

在杭州，所有出租车的隔离栏被意外拆除了，因为大家都不再使用现金了，歹徒如果想抢劫出租车实在也抢不了几块钱，风险和收益完全不匹配使得这种犯罪行为一下子消失了。

还有一个意外是全国的口香糖销量大幅下滑。人们原来在付款的时候，如果嫌找零麻烦，差个一两块就会从收银台边上拿上一块口香糖抵零钱。而使用了移动支付后，就不再存在找零这件事了。

按时缴纳汽车税是件让法国政府头疼的事情，于是法国政府开始给那些没有及时缴纳税款的司机寄去催款单，同时还随单添加了一张由路边电子监控捕捉到的车主汽车的照片。

这张照片意外地使得车主缴纳汽车税不再拖延，原因让政府部门哭笑不得，在法国这个浪漫的国度，司机因为害怕自己的另一半意外地从寄到家中的汽车照片上看到第三者，从而引起婚姻纠纷，于是早早自觉地缴纳了税款。

法国政府最后很厚道地放弃了这一做法，不过经济学家建议说，现在只需要寄给违章车主一封信，"威胁"车主如果不缴税，就会将拍下来的照片寄到他们家中，这样就能起到作用。

印度是个喜欢歌舞的国度。20世纪70年代，印度的时尚青年以在公共场合提着收音机大声播放为时髦。当时的印度政府为了推进减缓人口增长的政策，见到民众如此喜欢这种手提收音机，便开始用它来奖励做结扎手术的人。万万没想到的是，这种提着收音机大声播放的时尚，一夜之间便在印度消失得无影无踪，因为提着收音机变成了一种让人尴尬的身份信号。

还有一件让人想不到的事情发生在1980年的德国。当时的联邦德国（西德）对骑摩托车不戴头盔的人采取了当场罚款的措施。这样做的主要目的是防止车主头部受伤。

这个处罚的实施却产生了另一个意想不到却极富戏剧性的效果。在实施了罚款之后，摩托车的盗窃率下降了60%，且在之后的几年一直下降。

为何会产生这种匪夷所思的结果呢？小偷在偷摩托车的时候只要戴上头盔，或者连头盔一起偷走不就得了？

事实上，绝大部分偷车贼都不会这么做，因为戴头盔是件比我们想象得更麻烦的事情。如果小偷要去偷摩托车，这得事先谋划好，不然拎着头盔满街转。车主停车后通常会带走头盔，并不会留在车上。如果窃贼们临时起意，偷盗摩托车想立刻下手就变得很难。

犯罪学家帕特·梅休和他的同事对这件事做了细致的调查，他们发现，这种现象并不是德国特有的现象，很多地方都记录了类似案件减少的情况。在 20 世纪 70 年代相关规定出台后，英国和荷兰盗窃率减少了 1/3；1988 年到 1990 年，美国政府要求骑行者戴上头盔后，德克萨斯州的摩托车盗窃率降低了 44%。

行为经济学家把增加一件事的难度称为"摩擦力"。比如我们在网购某一件物品时，如果对方承诺不满意可以在数日之内无条件退款，这就是无摩擦。相反如果对方限定了很多条件，诸如原包装必须完好无损、双方必须协商一致等，这就是增加了退货的摩擦力。同样，戴头盔这件事就是增加了偷盗过程中的摩擦力，使得这种违法行为大大减少。

鳕鱼：过度捕捞导致了房价的下跌

当我们把汽车加满油，行驶在路上，我们已向石油公司支付了汽油的市场价格，然而汽车排出的尾气会导致全球变暖，趴在断裂融化的冰川上的北极熊正奄奄一息，亚马逊森林里某种树木也因为尾气形成的酸雨侵蚀正面临灭绝，对此，我们却不必支付费用。

经济学把这种行为称为"外部性"，根据经济学家曼昆的定义，当一个从事一种影响旁观者福利，而对这种影响既不付报酬，又得不到报酬的活动时，就产生外部性。如果对旁观者的影响是不利的，就称为"负外部性"，如果这种影响是有利的，就称为"正外部性"。

外部性也称为外部效应，是一种非常广泛的行为。比如当你为了自己的安全，把你的小轿车换成又重又结实的 SUV 车时，就产生了外部性。你在车里的确更加安全了，而对路上的行人以及其他的车辆，却增加了危险性。

很多事情的外部性还会出乎我们的意料，比如大肆捕捞鳕鱼这件事的外部性，可能使得沿海的房价下跌，房主们受到了损失。

阿拉斯加鳕鱼的鱼肉味道鲜美，肉质光滑细嫩，几乎可以与任何食材搭配，是餐桌常见的美食，其巨大的消费需求也使之成为美国最具捕捞经济价值的鱼类之一。

消费的推动使得阿拉斯加鳕鱼的捕捞量逐步提高，在 2017 年它已经成为美国捕捞最多的鱼类。当人们过度捕捞鳕鱼时，使得以鳕鱼为食的海豹数量急剧减少。

在生物界中，食物链一环紧扣一环。当海豹的数量减少时，以捕食海豹为生的虎鲸由于失去食物来源，从而向近海迁移，并开始捕食海獭。

海獭是一种非常萌萌哒的动物，它爱吃虾蟹及贝类，最喜欢的食物是海胆。海胆全是刺，咬不开怎么办？没关系，海獭会用石头去砸。如果这块石头很顺手，它就会一直把这块石头抱在怀里，留着下次使用。

当大量海獭成为虎鲸的食物后，海胆的数量陡然增加。海胆是嗜吃海藻的无脊椎动物，阿拉斯加州的海胆数量因为缺少天敌而出现爆发性的增长，又又对当地的海藻森林造成了破坏性的影响。

海藻森林被认为地球上最丰富多彩的生态系统之一，它就像一个巨大的建筑群，为大大小小的生物们提供了安全的庇护所。森林的最底层，附着在海床和岩石的海藻假根处生活着海蟹、章鱼、海胆及鲍鱼等，在森林的中间，巨大的海藻叶片中游来游去的有岩鱼、沙丁鱼和其他鱼类。

失去了巨藻森林的缓冲，海水冲击海滩的力度大大增强，这使得沿海的住房饱受侵蚀，使用寿命大大降低，这也导致沿海房屋的房价下跌。

　　阿拉斯加鳕鱼成为大西洋鳕鱼的替代品，让渔业公司赚得盆满钵满。如靠捕捞阿拉斯加鳕鱼发家的"海神叉"海产公司，它的创始人查克·班德朗如今净资产已经超过 24 亿美元，然而他却不会为这些海滩房主的损失支付一分钱赔偿。

音乐节：为什么会越来越流行

音乐节正变得越来越流行，拿 2019 年的杭州来说，就有草莓音乐节、西湖音乐节、氧气音乐节、海宁潮音乐节、不止音乐节等。据统计，2017 年全年，中国音乐节的数量超过 200 个。但是 2008 年，全国大规模的音乐节只有 5 个。

为什么音乐节越来越多了？

在整个 20 世纪，伴随着留声机、录音机和收音机的发明，传播和收听音乐的方式一直在发生变化，进入 21 世纪，随着音乐的数字化，这种变化变得更加彻底，也更加迅猛。曾经一度，卖唱片是音乐行当的主流商业模式，但随着互联网和数字化的普及，盗版唱片越来越猖獗，共享技术也越来越成熟，技术革命正在摧毁唱片这个产业。

一方面，随着人们从网上得到歌曲的方式变得容易，歌星的粉丝越来越多，另一方面，歌星从唱片中获得的收入却越来越少。于是另一个新产业开始摧枯拉朽、蓬勃发展，这就是现场演唱会。

演唱会为明星获得了巨额收入，据统计，美国1981年到2018年间，演唱会的平均票价上涨了400%以上，而同期的总体消费物价指数只上涨了160%。美国著名的U2乐队的"晕眩国度"世界巡演在2004年到2006年间的131场现场演唱会总共获得超过3.5亿美元，而在2009年到2011年间举办的"U2 360°"的110场演唱会则创下了7.36亿美元的纪录。王菲在告别歌坛6年之后，2016年年底在上海举办"幻乐一场"音乐会，门票价格从1800元到7800元，不到一分钟门票售罄，黑市价格更是最高炒到了数十万元一张门票。

演唱会门票价格的快速上涨，一方面是来自巨星效应，即支付明星的演出费用越来越高，另一个原因则是一场演唱会的演出制作成本在不断上升，场地租金，加上舞台、灯光、音响、技术保障、供电保障、交通接驳、安保、艺人接待等费用处处需要钱。而制作成本的上升主要原因是因为现场演出的舞台布置变得日益复杂，明星要么从天而降，要么乘坐升降机缓缓升起，而观众则期待着绚烂的烟火效果以及高科技的高端影像，演唱会正变得越来越奢华。

举办一场演出的绝大部分成本都是固定成本，这意味着它们不会随着观众数量和演出时间的增加而增加。对演唱会的成本了解有助于解释本文开头的问题，为什么音乐节变得越来越受欢迎？现场演出高额的固定成本，包括广告、灯光和舞台设置，可以被分摊到音乐节的众多艺人身上，变得可以接受。

打个比方，你家的热水器坏了，你想洗个热水澡休息一下，于是你在宾馆300元开了一个房间，这时的房费就是固定成本，如果你一个人洗个澡，那么洗澡的成本就是300元，如果你们全家所有人（假设共有 5 人）一起轮流使用这个房间洗澡，那么每个人的成本就降到了 60 元。

国产热门电视剧《装台》就从一个侧面描绘了舞台搭建的复杂性和一次性投入（演出完毕即拆卸）。在《装台》中，我们了解到，一场大型演出的舞台搭建需要很长时间，因此，提高舞台的利用率则是最为经济的方法。

在音乐节上，通常舞台每天会被许多艺人使用，而且会持续好多天。而相比之下，巡回演出的舞台需要好几天才能搭建妥当。当一场演出用完后，就会被全部拆除、打包，然后运往下一个演出地点。

所以说，在演唱会固定成本越来越高的当下，经纪人总是想办法把费用降到最低，从而谋求利润最大化。音乐节能通过对舞台的充分使用，降低了每个节目的演出成本，同时，音乐节还能带动城市品牌，拉动了地方旅游等等综合因素，它正密切受到资本关注，这就使得音乐节变得越来越受欢迎。

下午茶：英式下午茶的灵魂

精致的茶具，泡上一壶红茶，加上糖和奶，英式下午茶已经成为英国文化的象征，的确，没有哪一种物品能像英式下午茶这般能够代表大英帝国的灵魂。

精致的茶具代表了大英帝国性格中全球贸易的一面。英国人喝茶的茶具最早都来自中国，当英国东印度公司的船舶把中国的瓷器运到欧洲，这些瓷器在细度、耐用度、风格、颜色和品质上，让欧洲人大开眼界。这些瓷器在当时都属于炫耀性消费的奢侈品，只有富人才买得起。

陶瓷全球化贸易在 16 世纪扩大到墨西哥、中东和伊比利亚，在 17 世纪影响到英国和荷兰，这些地方的陶工纷纷效仿，然而在很长一段时间里，这些努力都以失败告终，他们始终无法模仿出和中国瓷器相似的外观和手感。直到 19 世纪中叶，英国工业中心的制陶厂生产出的茶壶和茶杯才开始缩小与中国的差距。

我们再说说茶叶。下午茶的茶叶则代表大英帝国强权和霸道的一面。当英国的工人阶级也爱上喝茶后，东印度公司从中国进口茶叶的总价值在1700年到1774年间增长了一百倍，茶叶取代了纺织品成为东印度公司最有利可图的贸易商品。

然而对不断增长的进口中国茶需求，东印度公司仍然有一个担心，中国人对东印度公司用来贸易的货物一点都不感兴趣，他们尝试过英国羊毛、印度棉花甚至是檀木、海参、燕窝和鱼翅，但这些商品的贸易额都不令东印度公司感到满意，大量的白银仍然流向中国，于是他们开始设法寻找一种能够垄断中国市场的商品。

很快东印度公司把目光投向了鸦片，到了1835年，中国人对鸦片的需求超过了英国人对茶的渴求，每年有上千万的白银流向了英国，于是中国推行了禁烟运动，1839年11月，一支英国武装舰队抵达了广东沿海，中国签署了第一个不平等条约。

当英国人优雅地用勺子把糖加入红茶中，这些糖则代表了大英帝国野蛮和血腥的一面。

"我喝茶从来不放糖，因为它是黑奴的血汗。"18世纪末一艘轮船的船长艾伦·托马斯在他的海航日记中写道。当他的护卫舰参与西印度群岛的远征时，被他看到的蔗糖生产过程所震惊。

1500年至1880年间，约有1000万非洲人，被惨无人道地卖到了甘蔗园工作，史学家埃里克·威廉斯指出，没有蔗糖就没有黑奴。他说："糖很甜，是人类生存所必需，竟会引起这样的罪行和杀戮，实在叫人奇怪。"他认为蔗糖催生了奴隶贸易，奴隶贸易让欧洲人积累了大量财富，进而为欧洲的工业革命提供了资本。

生产蔗糖是一件累人且危险的工作，许多人把甘蔗推向碾压机的时候，意外失去了手脚，沸腾的甘蔗汁让人容易烫伤，黑奴犯一点小错就要遭受残酷的鞭刑，如果黑奴因为饥饿偷吃食物，一般的惩罚是把他们吊在绞刑架上，头顶上方挂一块面包，只能看却摸不到，就这样直到他活活饿死。

在黑奴的血汗背后，是种植园主越来越富有，提炼的黑糖由船只带到伦敦的精炼厂，一时间，蔗糖精炼厂在伦敦和全国的港口城市遍地都是。在英国，对糖的渴求势不可当，伊丽莎白时期一位在英国旅游的德国人注意到，贵族妇女的牙齿都烂了。

糖和奶在红茶中被搅拌混合，它们在漂亮的瓷器中旋转。就这样，优雅的英式下午茶融合了全球贸易，野蛮武力和残酷剥削后，成为英国的象征。

谜一样的人们

彩民：为什么喜欢"守号"

我的邻居何师傅是个老彩民，他买彩票有个特点，就是喜欢每次买同一个号码（守号），也许他认为这个是他的幸运数字，尽管十多年来这个号码从没让他中过大奖，但他还是坚持不懈。

当然，有人运气比何师傅好多了。比如美国爱达荷州有一个名叫迈克尔的男子18年来一直坚持购买同一组彩票号码，功夫不负有心人，在2018年6月他终于受到了幸运女神的眷顾获得了强力球彩票大奖，奖金为200万美元（约合人民币1300万元）。

来自加拿大伦敦城的一对老夫妻更为幸运，他们在2017年9月底，凭借一注守了30年的彩票号码成功命中500万加元（约合人民币2500万）。2020年11月，大连的一男子守号十余年也终于中得双色球大奖，获得奖金1500万元。

很多老彩民喜欢买同一号码的彩票，这样做能增加中彩的概率吗？这种行为背后的道理是什么？

哈佛大学心理学教授艾伦·兰格曾做过一个实验，她把实验对象分成两组，一组可以对彩票号码精心挑选，而另一组只能随机获得一张彩票，这些彩票的票面价格都为一美元。接下来实验者被告知：另一间办公室有人想买这种彩票，但是因为彩票已经售罄，你们愿意出多高的价格来出售自己手中的彩票？

实验的结果有点出乎人们意料，是否拥有号码选择权很大程度上影响了彩票的出售价格。在有选择权的情况下，被试者要求出售自己的彩票平均价格为 8.67 美元，而没有选择权的情况下为 1.96 美元，两者的差异非常显著。

之所以会高估自己选择号码的彩票价值，这是由"禀赋效应"所导致的。禀赋效应是由 2017 年诺贝尔经济学奖得主理查德·泰勒提出，通俗地说就是人们总是会对自己拥有的东西赋予更高的价值。当出售彩票的号码是自己精心挑选时，这种禀赋效应就更加强烈。

彩民长年累月购买同一号码的彩票，并不是说这个号码的彩票比随机号码更容易中奖，而是因为在彩民心中，这个号码是一个特别的吉祥数字，他们的心理赋予了这个号码比随机数字更高的价值。

不愿更换号码的另一个重要原因是"害怕后悔"，由于人们在投资判断和决策上经常容易出现错误，而当出现这种失误操作时，通常感到非常难过和悲哀。所以，投资者在投资过程中，为了避免后悔心态的出现，经常会表现出一种优柔寡断的性格特点。

"害怕后悔"的信念对于人的决策影响甚大，比如在投资中股民总是愿意抛掉赢利的股票而不是亏损的股票，因为一旦亏损的股票抛售后上涨，人们会感到极度后悔，而上涨的股票抛售后继续上涨，后悔则没这么强烈，这只是赚多赚少的区别。

　　同样，彩民如果每次都在随机更换彩票号码，那么他们根本记不得自己买过的号码，对中奖的号码也不会产生后悔感。而长期选择同一号码的彩民则不同，他们会觉得假如刚好这一期没买这一号码，而偏偏这个号码中了大奖（虽然这种概率微乎其微），那么根据后悔理论：越是靠近目标，你就越有可能在达不到目标时感到后悔。擦肩而过的大奖会让彩民悔断肠子，而如果用这个号码买彩不中则几乎没有后悔感。

　　另外，从成本和收益来说，当彩民坚持买同一号码的彩票时，很容易把所有的购买彩票行为看成一个整体，未中的彩票就可以看成是这个整体的成本而不是亏损，只要不断追加买彩资金，一旦中大奖就会使得整个投入产生利润。而中途改变号码则意味着之前的投入彻底泡汤，持续购买某个号码的行为最终以亏损而结束。

　　选择怎么样的号码并不能改变中奖概率，但是固守一个心仪的号码却容易让人对随机事件产生掌控感，而掌控感则是人的基本欲望，这让每个彩民心里感到更多的安慰。

销售员：如何"扫描"顾客

当我走进奢侈品商店，轻声对店员说了句"我随便看看"，他们扫描式地打量我一眼，便会礼貌地走开，全程不会过来打扰我，因为他们早就一眼看出（通过脑海里的大数据得出结论），我不是他们的目标客户。

销售员通常有一个本领，他们能根据自己的经验判断，来迅速确定哪些是目标客户，哪些不是。如果你不是他们的目标客户，受到的待遇则会相对比较冷淡。这样做未免有些势利，但是从销售员的角度来说，却是提高业绩的好办法。那么，到底是顾客的哪些要素最能影响销售员判断呢？

美国俄勒冈州立大学的金敏贞和俄亥俄州立大学莎伦·列侬是消费科学领域的专家，她们的研究告诉我们，销售员的服务策略究竟是如何作出的？

两位研究者调查了三家女性时装店，她们秘密观察了 13 名女性销售员和 90 名顾客之间的互动情况，并整理成数据进行分析，使得人们对销售员的行业秘密得以一探究竟。

研究者首先把女顾客的衣着和装扮的要素进行分类，她们确定了十大要素，分别是衣着是否有吸引力、衣料质地、款式、着装是否合适、女性化程度、是否过分浓妆、发型、化妆品位、配饰（包括手表、首饰等）以及包包的品牌。

对于销售员的态度，研究者将其分为"友善"和"不友善"两大类，界定的标准为销售员是否一见顾客就报以微笑、是否会放下手中的工作（比如正在整理杂物），以及顾客进门后上前迎客的时间（研究者用秒表进行了统计，最合适时间为 30 秒）。

这个研究的结果非常有趣，对销售员来说，最能吸引他们注意力，也就是对其最敏感的因素就是"配饰"。当顾客手戴瑞士名表和大钻戒出现时，销售员的眼睛会像金属探测仪一样敏锐地发现这些细节，同时以最快的速度，带着微笑飞一般地迎向顾客。

能够让销售员面带笑容相迎的要素中除了配饰，还有发型、衣料质地和包包的牌子。眼尖的销售员能迅速通过这些细节来预估顾客的购买能力和欲望，同时决定自己对顾客采取的态度。

值得一提的是"配饰"是如此重要，即便是和其他几项出现矛盾，比如戴着名表的顾客头发乱蓬蓬的，穿着并不合适的衣服，传达出了"矛盾的信号"，但仅凭巨钻、名表这点，其他都会被忽略不计，也就是说"配饰"起了决定性作用。

销售员对这些要素赋予了不同的权重，将顾客分为了具有购买能力、有目的而来的顾客，以及购买能力不足的"价格比较者"，并采取了不同的态度对待客户。

两位研究者对销售员这种"扫描"顾客的本领不以为然，她们认为：这些固然是销售员的精明，但这种歧视性销售策略最终会损害产品的品牌，单从外表判断顾客会得不偿失。因此销售人员必须接受良好的培训，无论顾客穿戴如何，都要对其一视同仁友好对待，而不能养成看人下菜碟的陋习。

擦鞋童：大股灾时代的遗产

有一个脍炙人口的故事，故事大致是这样的：1929年美国股市大崩盘的前夕，全国沉浸在股市的狂欢中。美国前总统肯尼迪的父亲老肯尼迪（约瑟夫·帕特里克·肯尼迪）也在这一飞冲天的牛市中大赚了一笔。这天他发现自己的皮鞋需要擦一下，于是坐到了一个擦鞋童对面的椅子上。

擦鞋小童一边擦鞋，一边提供了一些"额外服务"，他给老肯尼迪提了一些建议，告诉他哪些股票是可以持有的。老肯尼迪悚然一惊，心想："如果一个擦鞋童都在向你提供投资建议，那就是你该离场的时刻了。"他付了擦鞋费，还额外付给了这个鞋童25美分小费，然后匆匆回到办公室，立刻开始抛售股票。他不但抛完了股票，还积极做空，在随后的世纪大股灾中又大赚了一票。

这个故事流传很广，以至于诞生了一个"擦鞋童理论"，它又称"零股理论"，意思就是擦鞋童都在提供股票资讯的时候，就是股市上涨达到最高峰之时，也是该退场的时候。

生活经验告诉我们，如果一个生动的故事流传很广，那么它很有可能不是真实的。比较经典的如牛顿因为苹果砸到头上而发现万有引力（伏尔泰等人编撰出来的故事），瓦特看到茶壶盖被蒸汽振动发明了蒸汽机（蒸汽机并不是瓦特首先发明的），小华盛顿用斧头砍了樱桃树并承认了错误（出版商信口胡编的故事），小爱迪生用镜子照亮房间方便妈妈动手术（阑尾炎手术在那个时代还没发明）……

诺贝尔经济学奖得主罗伯特·希勒曾检索了 20 世纪 20 年代到 30 年代的数据库，根本没有发现这样的故事。那么这个故事究竟从何而来呢？

如果我们广泛阅读，会发现同样的故事有多个版本，诸多版本不同之处就是擦鞋小童对面坐着的人是不同的，除了老肯尼迪，还有石油大亨约翰·洛克菲勒、华尔街的传奇投资家伯纳德·巴鲁克。

擦鞋小童究竟向谁提供了股票买卖建议呢？

伯纳德·巴鲁克在经历了 1929—1933 年经济大萧条之后，仍能积累起几千万美元的财富。如果我们阅读完他的《在股市大崩溃前抛出的人：巴鲁克自传》，可能会找到答案。

巴鲁克在书中这样写道："在华尔街我以前的公司外面，过去总是有个老年乞丐在那里行乞，我经常给他点儿小钱。在 1929 年股市疯狂飙升期间，有一天他突然叫住我，说：'我有个很好的内部消息要告诉你。'要是乞丐、擦鞋童、理发师和美容师之类的人也能告诉你如何发财，这时你就该提醒自己，再也没有比相信毫无付出却能有所收获更加危险的幻想了。"因此擦鞋小童的故事很可能由巴鲁克的这段叙述改编和艺术加工而来。

事实上，擦鞋小童对面坐着的可能是老肯尼迪，也可能是巴鲁克，或者是洛克菲勒，或者其他什么人，但这都不重要。不管是谁，只要他是一个足够知名和传奇的人物，就能让故事插上翅膀，而这个故事的终极目的，也是1929年美国大股灾的宝贵遗产：股市不过是一个击鼓传花的游戏，当最后一棒交给了买菜大妈，保安大伯时，就是我们该离场的时候了。

圣殿骑士：中世纪的"山西票号"

在电影《达·芬奇密码》中，出现了圣殿骑士团这个群体，他们的存在目的就是为了保护耶稣的后裔，由于圣殿骑士的强大权力以及对耶稣后裔的畏惧，教会联合欧洲王室（主要是法国国王）暗中部署对圣殿骑士进行了镇压。

菲利普四世之所以镇压圣殿骑士，可不是害怕什么耶稣的后裔，说到底就是一个字：钱。国王欠了圣殿骑士的钱，但圣殿骑士拒绝豁免他的债务，导致国王恼羞成怒。

那么以清贫和贞洁为誓言的圣殿骑士，从哪里搞到这么多钱的？

1099 年，十字军第一次占领了耶路撒冷，这座城市也重新开放给了蜂拥而来的欧洲朝圣者。20 年后，圣殿骑士团被建立起来保护这些前来圣地的旅行者，圣殿骑士们维护着许多堡垒，以此来保护朝圣线路。

很快，这个职责演变成了确保钱财由欧洲到东方的安全转移。如果你是一名朝圣者，你必须带上维持数月的昂贵旅行费用，不过你没有 VISA 卡，也没有支付宝，如果你携带大量现金，那么很容易成为强盗的目标，那么你该怎么样安全地携带这笔钱呢？

圣殿骑士团及时地提供了这种服务，也就是说，朝圣者可以异地存取款。当你把现金存入伦敦的圣殿教堂，你只需携带某些信用证件，就可以在耶路撒冷取出现金。

不过圣殿骑士这个金融创举，在中国的唐朝就已经有了，在唐代中期的唐宪宗年间，当时商人外出经商带上大量铜钱会有诸多不便，于是先到官方开具一张凭证，上面记载着目的地和钱币的数目，之后持凭证去异地提款购货。此凭证被形象地称为"飞钱"。

晚清时期，山西的票号也提供了类似圣殿骑士团的服务。山西商帮在长途贩运和镖局（护卫资金安全）以及账局（异地大额贷款）的增值服务过程中建立了票号，将跨域的汇兑和存贷业务与货物贸易分割开来独立经营，从而形成了独立的金融机构，汇票也成为特殊的流通货币。

山西最早的票号为日升昌，它的迅速成功导致众多的山西商帮纷纷建立自己的票号系统，并将业务遍布全国甚至日本、朝鲜、南洋、俄罗斯等地，一时山西票号名满天下。

圣殿骑士可不仅仅是中世纪的 ATM 机，它还担任着存放国王和贵族贵重物品的皇家国库的职能，英王王冠上的宝石也曾一度保存在圣殿，另外，圣殿骑士还负责为王室征收税费，国王也常常向圣殿骑士团借钱，甚至还创建了一系列我们现在称为"理财产品"的服务。也许乔治·马丁的《权力的游戏》中"铁金库"的灵感也是来自圣殿骑士吧。不过国王的债主可不好做，最终矛盾还是不可避免地爆发了。

女性交易员：能力一直被低估

华尔街的交易员女性比例不超过 5%，对此最常见的解释是女性不愿意在这个都是大老爷们的地方工作，或者女性大多厌恶风险，不适合交易员工作。

女性很少成为证券交易员，一部分是因为历史原因，早期的证券交易员，和码头扛大包一样是一种体力活。19 世纪的证券交易大厅，比如纽交所或芝加哥商品交易所的交易大厅，交易员的工作就跟摔跤、搏击比赛差不多，几百名交易员挤在一起，互相推搡，争相引起别人的注意，从而完成交易。交易员彼此之间使用的是古老的手势信号，如果想引起交易大厅另一头的交易员的注意，身高、体力和速度都是决胜的关键，有时交易员为了抢生意不惜打起来。因此，在这样乱哄哄的交易大厅中，女性很难介入这个职业。

很多工作，明明女性更称职，却很少出现女性身影，比如公司 CEO，有研究表明，女性担任公司 CEO 能有效降低公司风险，如果这家公司是上市公司，其在股市中的表现也更为稳健。然而截至

2018年，全球财富500强的企业中，仅有25家企业拥有女性CEO，这个比例比抡板斧打家劫舍的梁山好汉也好不到哪里去（108人中有3个女性）。

同样证券交易员，如果女性担任也会比男性更出色。

男性交易员体内有较高的荷尔蒙，当市场遇到牛市或者熊市时，荷尔蒙以及其他激素会在交易员体内积聚，改变他们的风险偏好，从而进一步加剧市场的动荡。

在牛市中，交易员所经历的狂喜、过度自信和对风险的渴望可能是由生物学的"胜利者效应"造成的：两只雄性动物打斗结束后，获胜的动物体内睾丸素含量更高，失利的动物体内睾丸素则会下降。胜利者得意扬扬，进入下一场打斗中，高含量的睾丸素会帮助其获取下一场胜利，获胜的动物会进入积极的回馈机制中，胜利导致睾丸素含量上升，这又帮助它获得下一场胜利。牛市中，交易员像是斗赢了的大猩猩，不断地赚钱导致睾丸素增加，从而自信满满，进一步推高市场。

而在熊市中，由于睾丸素急遽下降，交易员会处于"习得性无助"状态，也就是说他们完全不相信自己有能力掌控自己的命运，于是心灰意冷，对机会无动于衷，不敢任何交易，这些男性交易员像是斗败的公鸡，这就导致市场进一步走熊。

而女性的生理和男性有很大的不同，女性体内的睾丸素只有男性的10%～20%，她们既不会被胜利冲昏了头脑，在失败时他们也不会像男性那样背负沉重的压力。

男性和女性对于风险的偏好不同，也导致了投资表现的差异。在实战中，女性的长期投资表现往往优于男性，而之所以优秀，是因为她们更愿意承担责任和风险。2009年，位于芝加哥的对冲基金研究机构得出类似结果，在过去的9年中，由女性运作的对冲基金表现优于男性运作的对冲基金。

在高频交易盛行的今天，人类已经把反应速度的比赛交给了机器，而交易员只需要对市场有良好的判断，女性更善于战略性思考，越来越多的数据表明女性交易员优于男性。

英国足球队：重大比赛为何总不能赢

英格兰足球队的球迷非常多，球队也球星璀璨，但在重大比赛中成绩总是不尽如人意。史蒂芬·西曼斯基是位于伦敦的英国卡斯商学院的经济学教授，西蒙·库珀是世界上最知名的足球评论作家之一，两人联手写了一本《足球经济学》，在这本书中，他们回答了这个非常有意思的问题：为什么英格兰队在重大比赛中（比如世界杯）总是输球，用作者的话说就是"不再创新，英国足球的小圈子"。

网络是经济发展的关键要素，更好的经济网络正是某些国家比其他国家更加富裕的原因，同样，网络也能解释为什么有些国家足球队的表现强于英格兰。英国足球最大的问题或许是地理问题，英国距离西欧大陆的足球网络太远，那里进行的才是世界上最顶尖的足球。

英国在足球界逐渐丧失中心地位的事实恰好呼应了英国经济地位的衰落，到20世纪70年代末，英国不得不将其足球大国的地位拱手让给英吉利海峡另一端的西欧国家。之后的数十年，那块大陆一直是足球界最肥沃多产的沃土，而英国只能望洋兴叹。

西欧球队之所以能够足球胜出，与当年的现代科技革命，以及几个世纪以来，这个地区一直是全世界最富裕的地区，道理是一样的。该地区胜出的秘诀就是历史学家诺曼·戴维斯所谓的"对用户友好的大环境"，西欧的气候温和多雨，因此该地区土地肥沃，使得上千万人能够集中在一小片土地上生活，网络便应运而生。

你可以在两个半小时内飞遍西欧的 20 个国家，而这 20 个国家的人口大约 3 亿，那是全世界最为密集的网络所在地。和几个世纪前的现代科技革命一样，最好的点子在这里传播得最快，该地区的足球也受益匪浅。

相对于欧洲其他的经济领域，欧洲足球是思想交流和传播最快的，这是因为足球是欧洲大陆经济中一体化程度最高的领域。一家公司不太可能费力地从邻国聘请会计和司机，在某些行业，语言障碍使得工人无法前往国外，而足球行业却截然不同，完全没有这种限制。全世界最好的球员和教练聚集在一起，这里的足球一直不断改善，成为世界上最优秀的足球。

西欧发现了足球的秘诀，即球员之间进行快速的传接球运动，很少有球员运球或者带球过人，他们总是立刻就把球传出去给其他球员，这样的足球看上去不是特别好看，尤其和南美足球相比，但它却是最高效的。

没有资格被纳入这个最优秀的足球网络的国家都地处欧洲边缘的国家：英国、大部分斯堪的纳维亚国家以及欧洲的东部边境。距离较远的国家——也可能不是地理距离而是心理距离——通常无法触及核心的欧洲足球。许多地处边缘的国家传统是一直踢的是效率较低的天才足球，希腊就是例子，他们的运球太多了，而英国人采用的则是根本不动脑子的快速进攻战术。

正因为英格兰地处这个欧洲足球核心网络的外围，因此它很难建立新的联系，因为它要穿越的距离相对较远，而那些不在外围的人把他们看作次一等的联系。结果是其他国家不再雇用英国教练，甚至也不再雇用英国球员，地处外围的人们和核心越来越隔离和绝缘。随着时间的流逝，隔离会渐渐转化为人们的思维方式，再过一阵子，他们甚至根本不想再汲取外来思想了。

英国的确是现代足球的发源地，英超也是世界顶级联赛，但是往日荣光渐渐退去，英格兰队正在成为西欧核心国家之外的典型的二线足球国家。

史蒂芬·西曼斯基和西蒙·库珀的理论是解释为何英国足球会衰落，不过我想他们的核心思想同样可以搬到一个国家的竞争力上，假如一个国家积极开放，吸收先进文化和技术，那么这个国家的综合实力就会突飞猛进，假使它实行封闭和保守的政策，拒绝交流，或者接触不到最新的思想和技术，那它的衰落是迟早的事情。

大幕拉开，演员悄悄上台

泰勒·斯威夫特：不懂经济学的艺人不是好歌手

泰勒·斯威夫特是位美国女歌手，她的专辑《放手去爱》在全世界的销量超过了一千万张，同时该专辑还获得了第52届格莱美奖的两项大奖。

尽管在音乐领域泰勒成就辉煌，但假使她转行干经济，同样会星光耀眼，毫不夸张地说，她就是音乐领域的经济学家。

演唱会门票"黄牛"横行是个全世界的顽疾，泰勒率先尝试的"粉丝认证"系统，可以说是"黄牛"的终结者。怎么样把票卖给粉丝而不是"黄牛"？泰勒有一系列的指标来评价粉丝的忠诚度，比如购买过她的专辑或周边商品，通过社交媒体与她或赞助商有过互动，或者是看过她的音乐视频，那么你购买到演唱会门票的可能性就大大增加。

优待购买过其周边商品的粉丝，让他们更有可能买到门票，而那些粉丝为了排到购票申请队列的最前面，购买专辑和周边商品时会大把花钱，这样既扩大了专辑和商品的销售，也让真正的粉丝能获得门票。

泰勒的另一项创新是"慢速票务模式"。热门的演唱会门票通常会在几分钟之内售罄，这就意味着票价被严重低估。还有些粉丝在门票发售之际尚不清楚自己的计划，但后来又决定去看演出，为了获得门票，他们不得不花高价从票贩子手中获得门票，事实上，这些才是更为忠诚的粉丝。

泰勒的方法是不将门票一次性售完，而是分时段逐渐推出，即使在门票出售日过后很久，粉丝仍然能够买到。同时门票的定价采用动态定价，即价格因购票时间的不同而浮动，这有点像航空公司出售的飞机票。

由于这些创新举动，泰勒成功缩减了二级市场（再次交易门票的市场）的规模，将一些原本会流向黄牛党的收入成功截留。据统计，采用传统的售票方法，泰勒的一场演唱会门票有30%的门票会流入二级市场，而使用"慢速票务模式"，只有3%的门票流入二级市场。

也许泰勒并不知道诸如"价格歧视"这类经济学名词，但她的确是经济学运用得最好的音乐人。泰勒在音乐流媒体中开创了一个大胆的策略，她经常策略性地将她的音乐从苹果音乐等流媒体服务平台中撤走。

例如泰勒在发行第六张专辑《声誉》时，她在专辑发行后的第一周严禁任何流媒体商播放该专辑，因此粉丝只能购买CD。在第一周内泰勒的专辑就销售了120万张，这个策略的背后经济逻辑就是通过细化市场来进行价格歧视，那些有更高付费意愿的粉丝急不可耐，在流媒体还没有该专辑的情况下愿意付费购买她的专辑。这种主动出击的策略使得她不断地刷新专辑销售的纪录，而当流媒体平台开始播放时，会继续延续这种火热状态，从而赚到了更多的流媒体版税。

　　泰勒·斯威夫特成功地运用经济策略将自己的收入最大化，她说："音乐是艺术，艺术很重要，也很稀有，重要稀有的东西当然很珍贵，珍贵的东西就该花钱得到。"

亨利八世：荒唐婚姻后的理性选择

好莱坞的编剧们一定爱死亨利八世，历史上似乎还没有哪个君王，在自己的婚姻上弄出这么大的动静来。

1509年，还不到18岁的亨利八世君临天下，接管了英格兰的王权，几周以后，他迎娶了凯瑟琳。八年前，凯瑟琳从西班牙远嫁英国，成为亨利八世久病缠身的哥哥亚瑟的新娘，但是1502年亚瑟就病死了。亨利八世把自己年长六岁的前任嫂嫂娶过了门，他们双双携手在威斯敏斯特大教堂举行了加冕典礼。

接下去的岁月充满了甜蜜和幸福，凯瑟琳王后忠诚贤惠，亨利八世也由衷欣赏王后的美德和学识，用当时著名的荷兰学者伊拉斯谟的话来说，他们之间的关系简直就是美满婚姻的典范。

当然，这只是故事的开头，当他们的婚姻走到第20个年头，亨利八世忽然像得了失心疯，疯狂地爱上了凯瑟琳的侍女安妮·博林，沉醉在爱情中的亨利八世希望凯瑟琳马上腾出位置来，岂料性格坚韧的王后不肯退居二线，坚称"我是国王的合法妻子"。

亨利八世希望宗教法庭裁定自己和凯瑟琳的婚姻无效。不过凯瑟琳娘家势力庞大，她的外甥当时是大权在握的神圣罗马帝国皇帝查理五世，他不久前征服了罗马，教皇只能任其摆布。教皇让亨利八世等了8年，最后按照审判结果，克雷芒教皇命令亨利八世和安妮断绝关系。

但是亨利八世公然违抗教皇的命令，驱逐了凯瑟琳，和安妮举行了婚礼。他成了叛逆分子，罗马教廷用驱逐出教威胁亨利八世，不料1533年亨利八世却自封英格兰教会最高领袖，他说："我才不在乎呢，因为我根本就不怕被逐出教会。"教皇在罗马说了算，这边亨利八世也咆哮说："在这里我想怎么着就怎么着。"

1536年1月，凯瑟琳溘然长逝，仅仅四个月后，安妮·博林因为亨利八世又有了新欢，而遭到嫌弃上了断头台。在安妮·博林之后的王后名单，还有简·塞穆、克莱沃公主安妮、凯瑟琳·霍华德、凯瑟琳·帕尔。

历史书或者影视作品都乐于表现亨利八世的荒唐，但事实上亨利八世和教会决裂可绝不会简单到只为了一个女人。

凯瑟琳王后出生于西班牙王室，是阿拉贡国王费尔南多二世和卡斯蒂利亚女王伊莎贝拉最小的女儿，西班牙是当时英国新教最大的敌人，而安妮·博林信奉的是新教，这可以吸引大量从欧洲逃亡而来的新教工匠。

当然，更重要的原因就是钱。当时所有基督徒都需要将自己收入的十分之一缴纳给教会，这也是所谓的"什一税"。而亨利八世通过一系列议会法案实行宗教改革。根据议会法案，先后使亨利八世从教会勒取大笔罚金，截留了给罗马教皇的年贡，取得制定教规和任命主教的全权，取得教会最高司法权，取代罗马教皇成为英国教会最高首领，把主教首年俸和什一税归为己有。

亨利八世直接查封了所有的教会财产，用了四个月的时间登记教会财产，编著了著名的《教产账簿》，然后按图索骥先查封小修道院，后关闭大修道院，没收教会财产，尤其是土地。

亨利八世不断出售教会土地，到1547年，三分之二的修道院地产被亨利八世交换、馈赠和出售，其中出售的占到八分之七。仅1536年到1547年，王室法庭拍卖掉的土地价值就超过了100万英镑。最终，全国70%的王室土地和50%的领主土地被卖掉，而购买者则是新兴农场主和资产阶级。

在都铎王朝时代，土地买卖成为纯粹的经济现象，土地转移不再仅仅是领主之间的继承、婚姻和分封。地产已经褪去了光环，不是社会、政治的附加成分，而成为一种可以与货币进行自由交换的商品，而英国的社会结构也由此发生变化，土地不再是控制臣民的方式，而成为一种纯粹的财富。

英国是靠掠夺发家的，比如赞助海盗在海上抢劫商船，而英国大规模掠夺的第一个目标却是教会，教皇不同意亨利八世和安妮的婚姻只是个由头罢了。因此学者们指出，英国圈地运动的始作俑者，不是资产阶级，不是农场主，而是这位亨利八世。

花木兰：东市买骏马，西市买鞍鞯

北魏时期，北方游牧民族柔然族不断南下骚扰，公元 429 年，北魏太武帝北伐柔然，规定每户人家出一名男子上前线。于是木兰决定女扮男装代父从军，征战沙场。从《木兰辞》我们知道，"东市买骏马，西市买鞍鞯，南市买辔头，北市买长鞭"，木兰从军的一身装备原来是自己掏腰包置备的。

另一本著名的小说《唐·吉诃德》中，主人公唐·吉诃德是一个爱读骑士文学的小贵族，他向往中世纪的骑士，于是骑上一匹瘦弱的老马，找到了一柄生了锈的长矛，戴着破了洞的头盔，雇了附近的农民桑丘·潘沙做侍从，出门过了一把骑士的瘾。

唐·吉诃德如果真正带上整套骑士的装备，那么真实的价格非常惊人。在 11 世纪晚期，骑士的一匹战马价格相当于 5 到 10 头牛的价格，假如折合成今天的价格，粗略估算在 15 万到 30 万人民币，相当于一部不错的汽车。

然而这还没完，骑士可不能赤膊上阵，头盔 6 索里达（古罗马货币)、剑和剑鞘 7 索里达,长矛和盾牌 2 索里达……而当时一头牛的价格约为 3 索里达。他们还得有铠甲,铠甲是比战马更贵的装备(唐·吉诃德只有破头盔和盾牌,没有铠甲),当新式的锁子甲出现后,骑士们纷纷用它替代了旧式的皮革铠甲,而锁子甲的价格相当于战马的 4～10 倍,光是这套铠甲,就相当于今天我们二三线城市的一套房子。

这些还是不够,公元 1101 年,弗兰德斯的罗伯特二世派给英国国王 1000 名骑士,并按照每名骑士三匹马来配置,因为只有严格配置行军马、战马、驮运行李的马,骑士才能正常履行职能。事实上,经济实力较强的骑士,常常会准备几匹,最多的甚至有十几匹马。

花木兰身处北魏时期,这时期实行的是"府兵制",属于专业的"军户",军户平时不承担赋税和杂役,这有点儿像日本的武士阶层。因为是专门从事战争的专业军人,所以要自备军事装备。根据《宋书》记载,南北朝一匹马的价格在两万文铜钱左右,用米价换算粗略可得,木兰当时买一匹马花了相当于今天 10 万元左右人民币左右。

和木兰相比,维持一个骑士的开支更大,据测算,一个全副武装的骑士大概需要 300～450 英亩的耕地来维持。还有人估计"大约是一个相当大的村庄全年的收入"。木兰家庭因为平时享有免税的优惠,所以一旦上前线就得自掏腰包购置装备。而骑士一般装备由领主提供,自身通常是通过"采邑"的形式获得报酬,也就是被分得土地。

就装备而言,中世纪的骑士更加豪华。如果说木兰是自费开着一辆宝来车参军，那么骑士则是开着保时捷前去打仗。因此，战死骑士的铠甲和装备就会成为疯狂掠夺的对象，时常会发生负伤的骑士被觊觎奢侈装备的步兵或随从残忍杀害的事例。相比较木兰，她只需对付眼前的敌人，而不必为自己的装备担忧。

柯子容：暗器高手的独门绝技

金庸的小说《飞狐外传》有个武林人物，叫柯子容，他属于"柯氏七青门"。这个"七青门"使用袖箭、飞蝗石等七种暗器。在书中柯子容武功平平，但他除了善用暗器以外，却有一门所有金庸人物中独有的功夫——呼喝功。

在和凤天南的比试中，柯子容叫道："铁蒺藜，打你左肩！飞刀，削你右腿！"果然一枚铁蒺藜掷向左肩，一柄飞刀削向右腿。凤天南先行得到提示，轻巧地避过了。

柯子容掷出八九枚暗器后，口中呼喝越来越快，暗器也越放越多，呼喝却不是每次都对。有时口中呼喝用袖箭射左眼，其实却是发飞蝗石打右胸。

原来他口中呼喝乃是扰敌心神，接连多次呼喝不错，突然夹一次骗人的叫唤，只要稍有疏神便会上当。

诺贝尔经济学奖得主丹尼尔·卡尼曼说：大脑中有两套系统，即系统1和系统2。系统1的运行是无意识且快速的，不怎么费脑力，没有感觉，完全处于自主控制状态；系统2则是将注意力转移到需要费脑力的大脑活动上来，例如复杂的运算。

如果要进一步了解大脑如何运作的这两个系统，我们来看一个被称为"史楚普作业"的测验。当实验者用彩色笔写下颜色的名称，受试者即使看到文字的颜色名称和文字的颜色不一致，也必须无视这种不一致，而回答出文字的颜色。例如以蓝色笔写着"红"字，受试者必须念出"蓝"。

请不妨亲自试试看，假如你觉得自己说出文字颜色的过程不顺畅，那是因为你的思维受到了文字意思的严重干扰。

柯子容的招数和"史楚普作业"相似，当柯子容把暗器射向对方左肩，嘴里喊道：打你左肩；把暗器射向对方右腿，嘴里喊道：削你右腿时，你的大脑对对方的语言呼喊形成了系统1的运作，这就是无意识的直觉过程，于是对方喊什么，你会无意识地闪避那个部位。

然而柯子容的狡猾之处在于，呼喝并非每次都对。有时口中呼喝用袖箭射左眼，其实却是发飞蝗石打右胸。这时闪避暗器就需要启动系统2。系统2掌管着高度认知的过程。也就是分辨对方的手法和暗器的方位，不被他的呼喊所干扰。

然而这就相当困难，卡尼曼说："当人们太过专注于某件事时，就会屏蔽其他事情。"如果你只是专注柯子容的呼喊的方位，那么就会无法注意到真正的暗器袭来。这使得很多人着了柯子容的道。

我们的大脑是以"付出最少努力"为原则思考的，自主控制的系统1既节省了宝贵的能量，也能让我们在危险的情况下迅速作出决策。然而，系统1很容易让我们在无意识中犯错。同时系统1还有一个很大的局限，即我们无法关闭他，当蓝色笔写着"红"字，我们很难关闭对文字含义的认识。当柯子容喊着那些暗器的方位时，你同样也很难充耳不闻。

小龙女：我在绝情谷底

关于《神雕侠侣》有一个争论，就是小龙女跳入绝情谷后，是不是还应该活着。

金庸当时在《明报》写连载时，很多读者就是冲着金庸的武侠小说来买报纸的，而那些读者在小龙女跳崖后强烈地要求小龙女复生，面对这些热情的读者反馈（同时也是为了报纸的销量），金大侠用回天神力，居然令神雕大侠一跃跳入绝情谷，和小龙女重逢，杨过结束了十六年的凄苦等待，使他漂泊的情感得到如意的归宿。

但这是最好的结局吗？

我们先来说说一个实验。

瑞士圣加仑大学的心理学家希尔德布兰德和同事开发了一款用来设计珠宝的在线工具，他们还专门创建了一个可供与他人分享这些珠宝设计的网络平台。研究者邀请了一千多名女性设计一对耳环，其中有一部分人会得到设计的反馈，并告知这些反馈是来自组里其他人的。

这些设计者会根据反馈反复修改她们的设计，然而随着时间的推移，这些修改让她们对最终设计结果并不满意。

在后续的研究中，希尔德布兰德按照设计把耳环做了出来，研究人员打电话让这些女性买下这些耳环，结果购买这些耳环的女性中，得到反馈的人数是没有得到反馈的一半。得到反馈的女性给出的平均回购价格是 14 瑞士法郎，这个价格是没有得到反馈的女性的一半。

不单是艺术设计，购物也同样如此，在一项和汽车制造商合作的研究中，希尔德布兰德还发现，来自朋友或陌生人的反馈并不能让我们的购物更开心，听从他人意见的消费者往往不会挑选与众不同的车和配置（比如车身颜色），他们会选灰色中规中矩的轿车，而不是自己真正喜欢的比如亮黄色的跑车，他们要和大众保持一致。

希尔德布兰德说，反馈抑制了创新，减少了原创，甚至还降低了消费的满意度。

1874 年，一群志同道合的画家在巴黎卡皮西纳大道的一所公寓里举办了一次画展。然而评论家都不看好这些作品，说这些画是"对美与真实的否定""毛坯的糊墙纸都不如""如此粗糙，还不如一副未完成的草稿，可能是凭借印象画出来的"……这些画家根本不理会这些评论和反馈，他们坚持自己的风格，最终诞生了颠覆艺术史的印象派绘画。

再回到《神雕侠侣》中，金庸的好友倪匡曾说，让小龙女复生并非是金庸本意，要不好好的小龙女干吗要被个破道士糟蹋了呢？

从小说创作来说，杨过和小龙女一再面临正常世界不太可能发生的"极限情境"，小龙女失贞，杨过断臂，两人明明刻骨铭心相爱，却生生分离十六年。金庸通过这种武侠的象征结构，来抒写人生的"极限情境"。

杨过和小龙女的爱情为世俗所不容，即便是郭靖这样的大侠也视为洪水猛兽，所以这种爱情，一开始就是一场悲剧。待情节发展到两人在绝情谷中被迫分离，生死两茫茫，此时已达情境交融，首尾互摄，小龙女之死，才是结构上应有的安排。

在同样的情境下，作家狄更斯则采取完全不同的方法。他当时在杂志上连载《老古玩店》大受欢迎，读者对善良的少女小耐儿的遭遇非常同情，在连载快要结束前，狄更斯每天收到几十封读者来信，恳求他"发发慈悲"，"不要将小耐儿弄死"。许多读者来到老古玩店前，乞求店主开恩，饶小耐儿一命。他们明知小耐儿不在店里，仍扒着窗子探视，为垂死的小耐儿哭泣。

此景此情，狄更斯深受感动，他说："这篇故事使我心碎，我简直不敢写出它的结局。"但是，狄更斯是一个严肃的现实主义大师。他的"心肠更硬"，没有让情感的随意性替代生活逻辑的必然性。在小说的最后结局中，小耐儿还是香消玉殒了。

柯镇恶：师徒共同的"确认偏差"

在金庸的小说《射雕英雄传》中，江南七怪中的五位弟兄在桃花岛遇害后，柯镇恶师徒便认定了黄药师是凶手。

柯镇恶对郭靖说："别听妖人妖女一搭一档的假撇清，我虽没有眼珠，但你四师父亲口说道：他目睹这老贼害死你二师父，逼死你七……"郭靖不等他说完，已和身猛向黄药师扑去。柯镇恶铁杖也已疾挥而出。

柯镇恶是个老瞎子也罢了，偏偏还遇上郭靖这个没头脑。当郭靖踏上桃花岛，见到师父惨死的现场，不由分说，同样已经把凶手认定为黄药师。

柯镇恶师徒二人所犯的错误也被称为"确认偏差"，它是指一旦人们形成先验信念，他们就会有意识去寻找支持或者有利于证实自身信念的各种证据，有时甚至会人为地扭曲新证据。人们在脑中选择性地回忆、搜集有利细节，忽略矛盾的资讯，并加以片面诠释。

打个比方，有天你发现自己家修车用的千斤顶不见了，你十分怀疑（或者更确切地说，你"告诉自己"）是邻居王二偷去了。当然，你也不能平白无故诬陷邻居，于是去寻找证据。你开始绞尽脑汁回忆，你想起王二的车后轮好像刚刚换过，他以前不常锁门的车库也大门紧锁，他最近好像还故意避免和自己照面……没错，所有的证据都有力地证明王二就是那个贼。直到有一天，你在自己上锁的柜子里找到这架千斤顶……

"确认偏差"被称为所有思维错误之父，它就相当于人们脑中的一个过滤器，过滤掉与我们现有观点自相矛盾的新信息（反驳证据），只留下自己愿意相信的信息。

换句话说，人们总是更愿意相信那些他们愿意相信的事情。如果人们在潜意识里是支持某种言论的，那他肯定希望这种观点能够成为事实，自然也就更愿意找更多的证据来证明这一观点，从而选择性地忽略那些有可能推翻自己观点的言论。

当郭靖看到韩宝驹半身伏在棺上，脑门正中清清楚楚的有五个指孔。郭靖心想："我亲眼见到梅超风已死，天下会使这九阴白骨爪的，除了黄药师还能有谁？"其实这时郭靖已经先入为主认为黄药师是凶手，他也不反过来想想，人家一代宗师怎么会用这么不入流的招数。

同样，当郭靖看到师父南希仁写了个小小的"十"字，"确认偏差"再次作祟："四师父，我知道你要写个'黄'字，你是要写个'黄'字!"可是，天下"十"开头的字难道只有"黄"吗?

然而郭靖对显而易见的反面证据却视而不见。比如他见到一只鞋，鞋底刻着一个"招"字，鞋内底下刻着一个"比"，他却抛在地下。"比武招亲"四个字已经告诉他一半，可是他却全然不去联想。

先确定观点，再去寻找依据，只会导致结果为伪，从而误导决策，造成损失。柯镇恶师徒的错误，广泛存在于我们身上。比如在牛市中，人们坚信股市会一直涨下去，于是看到什么样的新闻都会认为是好消息。经济增长势头强劲，意味着公司和家庭财务状况改善，因此股价和风险资产价格会上升；经济增长放缓，意味着利率降低，因此股价和风险资产的价格也会上升……所有的消息都能转化成利好，当股市突然暴跌时，很多股民只能呆若木鸡。

当柯镇恶最后在铁枪庙中了解到了事情真相，后悔不已，他大骂自己和郭靖："你是小糊涂，我是老糊涂！"那么，我们如何避免"确认偏差"的发生呢？

英国哲学家卡尔·波普尔也提出了解决"确认偏差"的唯一途径——寻找与它不一致的所有信息，这一过程也被称作"证伪"。所以在证实我们观点的时候，可以采用逆向思维，也就是证伪来验证自己的观点，如果没法证伪自己的观点，那就可以大胆采取行动了。查尔斯·达尔文就经常寻找证伪证据，每次他遇到一个似乎与进化论相悖的证据时，他总会记下来试图弄明白这一事实的合理性。

马克·吐温：不为人知的梦想

　　美国作家马克·吐温写过一篇名为《三万元的遗产》的小说，小说的主人公福斯特夫妇居住在一个偏远小镇。有一天，一份从天而降的巨额遗产彻底打破了夫妻俩的平静生活，一位据说活不久的远方亲戚给福斯特夫妻俩留下了一笔 3 万美元遗产（这笔钱放到今天相当于 60 万美元左右）。

　　一笔突如其来的巨款意味着一夜暴富。于是，福斯特夫妇开始计划用这笔还没到手的遗产进行投资，反复向"想象中的股票经纪人，发出想象中的投资指令"，福斯特夫妇的财富"像滚雪球一样，越滚越大"，最后，这笔幻想中的投资居然膨胀到了 24 亿美元（按照今天的美元价值估算，几乎相当于比尔·盖茨的财产）。在"如痴如醉的梦幻中"，卑微贫寒的小店主和妻子做着白日梦：居住在豪华宽敞的宫殿里，成天优哉游哉地泡在私人游艇上。但等到美梦醒来的时候，他们发现这一切不过是现实和他们开的一个残酷的玩笑。最终，福斯特夫妇抑郁而死。

这个小说展现了人性在金钱面前的脆弱，而马克·吐温之所以能把福斯特夫妇的内心活动写得如此活灵活现，不仅仅在于他是个技法高超的作家，还归根于马克·吐温本人对此有真实的感受。

在马克·吐温的早期文集《艰苦岁月》中，他就写过自己的发财梦。1862年马克·吐温和伙伴在内华达州弗吉尼亚城发现银矿，他彻夜未眠，"就像用蓄电池给自己充了电一样"，像福斯特夫妇一样，令人心醉的幻想栩栩如生地呈现在他眼前：在旧金山的中心地带建起一座巨大的庄园，悠闲自在地在欧洲玩上3年。"未来的幻景在体内不断升腾，让我不能自已。"在这10天灿烂辉煌的日子里，马克·吐温反复幻想着自己的百万富翁生活。不幸的是，合伙人提出的银矿所有权申请突然遭到当地技术部门的否决。马克·吐温永远也忘不掉那种发财美梦破灭时的心情："痛苦，绝望，心如刀绞。"

发财梦的破裂是如此的痛苦，以至于他一生都在追求这个时刻。马克·吐温不断地把钱扔进那些只能带来希望而从未兑现过的风险投资中。多年以来，他一直在五花八门、愚蠢而又疯狂的投机中挥霍金钱，做着一夜发财的美梦。他投资过以白垩为主要材料的印刷技术、在丝绸上复印图片的机器、粉状营养品、让人晕头转向的排字机、螺旋形帽针，还有改进的葡萄剪。

像马克·吐温这样睿智又自省的人，为何也会陷入愚蠢的发财梦中不能自拔？现代的神经经济学通过对人类大脑的研究给出了答案：梦想一夜暴富的感觉要比真正一夜暴富更美妙。

大脑中的伏隔核负责预测收获，研究人员通过磁共振成像仪发现，实验者如果只要看到某一图形，就可以喝一口糖水。伏隔核在实验对象看到该图形时的活跃程度要远远强于实际得到糖水时的情况。神经学家汉斯·布莱特也观察到同样的现象，他说：幻想一顿美餐所带来的兴奋，绝对不会弱于享受这顿美餐。

金钱给我们带来的感受也一样。斯坦福大学的神经科学家布赖恩·克努森通过对几十名实验者的大脑研究发现，得到奖金时伏隔核中神经元的活跃程度，并没有期盼得到奖金时那么强烈。

在投资中，为什么期待会比最终的结果对大脑的刺激更强烈呢？事实上，这个功能也就是俄亥俄州鲍灵格林州立大学神经学家亚普·潘克斯普所言"搜寻系统"的一部分。经过几百万年的进化，这种期望所带来的刺激，能让我们的感觉系统处于高度兴奋状态，并刺激我们去搜寻不确定的收获。

俄勒冈大学的保罗·斯洛维奇认为，在我们的大脑中，期望回路的作用相当于一个"刺激的航标灯"，它激励我们去追求那些只有通过耐心和奉献才能获得的长期回报。在此过程中，若不能从致富的幻想中获得快感，我们就不可能激励自己坚持下去，并为实现这种快感而付出。此时我们会转而抓住那些近在眼前、唾手可得的收获。

让马克·吐温如此疯狂的，肯定是他在内华达发现银矿时体验到的那种发自内心的兴奋和激动。因此，只要一想到钱，这个记忆就会让他大脑里的幻想回路高速运转。而最终这种无法割舍、难以自拔的疯狂欲望让马克·吐温始终生活在富翁和穷光蛋的轮回之中。

苏格拉底：一场奇怪的审判

公元前 399 年，雅典进行了一场对大哲学家苏格拉底的审判，关于这次审判有很多记载，描写苏格拉底的审判和死亡的四部对话录《欧泰弗罗篇》《自辩词》《克里多篇》《斐多篇》都作为悲剧而流传下来。

在整个审判过程中出现了一件令人费解的事情。苏格拉底审判法庭是由 500 名来自社会各阶层民众的陪审员组成的。这类刑事审判一般投两次票，第一轮是要表决是否有罪，如果判定有罪，陪审团还要在量刑上再投一轮票。如果正反票数相等，表决按有利于被告的方式解决。

在第一轮苏格拉底是否有罪的投票中，陪审团以 280 票对 220 票表决他有罪。然而在第二轮对苏格拉底处以流放或死刑的投票中，陪审团以 360 票比 140 票判他死刑。换句话说，原来判他无罪的人中竟有 80 个转而投了他的死刑票。

斯东是美国著名的报人，为了研究这个问题，他花费了十年时间遍读了希腊文学和经典著作原文，他对此给出的答案是在第二轮投票中，苏格拉底故意惹恼了陪审团，比如在第二轮投票中苏格拉底狂妄地建议刑罚应该宣布他是公民英雄，在今后余生中由市政府免费供他一日三餐。

这或许有道理，苏格拉底的确一心求死，然而这个理由有一点仍然无法解释通，事实上在第一轮投票中苏格拉底已经口出狂言，他当时自称非同常人，还说神谕说他是世界上最贤明的人，而其他人无论是政治家还是诗人，都是一些蠢蛋。也就是说，在第一轮投票中那些判他无罪的陪审员已经容忍了他的狂妄。

假如我们使用行为经济学来解释这件费解的事，可以得到全新的答案。

传统的经济学一直认为，人们的选择有明确的"偏好顺序"，比如你对甲的偏好大于乙，对乙的偏好大于丙，那么你对甲的偏好一定大于丙。然而俄勒冈大学决策研究所的保罗·斯洛维奇等人在拉斯维加斯赌场用真实的金钱进行一连串的实验，证实了著名的"偏好反转（preference reversal）"，即人的偏好顺序会打乱。

该实验结果引起了查尔斯·普洛特和大卫·葛林纳两位经济学家的注意。他们原打算教训一下擅闯经济学领域的心理学家，没想到他们的打算落空了。他们不仅无法通过实验推翻这种奇妙的矛盾现象，反而更加有力地证实了该现象的根深蒂固。

举个生活中的例子：假设你有一辆汽车，因为已经开了很多年了，经常这里或那里会有点小毛病，于是你决定买一辆新车。

基本款的新车要 30 万，如果加装智能导航和自动泊车功能，它能让你停车更方便，如果选择有天窗和真皮座椅的，它会让你感到更舒适，如果增加排量，车的引擎动力会更强，但是如果这样七七八八算下来，车价就达到40多万。

你想了半天，最后说：算了算了，还是回家再想想，再把旧车开上一段时间吧。

在这个例子中，显然易见，人们对基本款新车的偏好大过旧车，对加装各种配备之后的新车的偏好大过基本款新车，可是当旧车和加装各种配备之后的新车放在一起时，人们却选择了旧车，这与传统经济理论的结论正好相反。

行为经济学家认为，之所以产生"偏好反转"，只因为"框架效应"的作用，不同的选择是在不同的框架下作出的。旧车和基本款新车，基本款新车和配置完全的新车之间的选择都是在汽车质量和舒适的框架下作出的，配置完全的新车和旧车的选择则是在支出价格的框架下作出的。

同样在苏格拉底审判的例子，在第一轮中，有一部分陪审员在选择苏格拉底有罪或无罪时，他们的偏好是无罪，但是到了第二轮选择将他流放或是判死刑时，他们的偏好反转了，他们或许认为这个老人不应该忍受流放之苦，死反而是更好的选择，于是先前投无罪票的陪审员在这轮中偏好反转了，他们选择了判处苏格拉底死刑。

第六辑

奇怪的事物都有简单的逻辑

慢电视：时代脚步的快和慢

在挪威有家电视台，叫作挪威公共广播电视台（NRK），这家电视台不走寻常路，制作了一些我们无法想象的电视节目。比如电视台花 18 小时直播钓鱼，直到第 3 个小时才有一条三文鱼上钩；花 8 小时展示单调的织毛衣全过程，连画面里的织毛衣主妇都难掩睡意；花 8 小时对准噼噼啪啪燃烧的柴火，观众戏称如果把电视机嵌在壁炉里就可以乱真了。

当外国游客在挪威酒店无意间收看这些节目时，他们会误以为是电视机出现了故障，拼命拍打电视机。

电视台的制作者将这些节目称为"慢电视"。

那么这些"超级无聊"的慢电视有人看吗？答案是有，且非常火爆。

比如 NRK 直播一档从奥斯陆到卑尔根的 7 小时火车之旅，没有剪辑，没有制作，整个过程一秒不漏，结果观众达到 120 万人，要知道整个挪威的总人口也不过 530 多万，受欢迎程度堪比中国春晚。更夸张的一次是直播沿挪威海岸线的游轮之旅，整整"素颜"直播了五天六晚，结果有 320 万挪威人收看了节目，可谓万人空巷。

为什么这么"无聊"的节目如此受欢迎？

如果我们审视今天所处的世界，我们可以用一个字来概括，那就是"快"。

这个世界越来越快。我小时候坐的绿皮火车时速大约为一百公里，今天的高铁时速可达三百多公里，而正在研制的超级列车时速更是将达到上千公里。

拿电影来说，一个镜头的平均长度，已经从 20 世纪三四十年代的 10 秒加速到现在不到 4 秒。流行音乐也同样如此，节奏正变得越来越快，歌曲前半部分较为轻柔舒缓的传统习惯也被舍弃了，同样被舍弃的还有缓慢的前奏。因为现代人使用手机等电子设备听歌时会变得越来越不耐烦，几秒钟后就会轻易跳到下一首歌。

即便是我们走路的步伐也是如此。在 20 世纪 90 年代初，有个心理学家叫罗伯特·莱文，他和他的学生历时三年，前往 31 座不同的城市，测量了行人的行走速度。他发现一个国家经济越发达，工业化程度越高，步行的速度也更快。到了 2006 年，一位来自英国的心理学家理查德·怀斯曼再次重复了莱文的实验，结果他发现同一段路程人们所花的时间又减少了 10%。

心理学家斯蒂芬妮·布朗是这样描述眼下的世界："忙乱的生活方式已经成为一种嗜好，人们像疯了一样地争取做更多的事，努力保持在线，随时待命，对新任务照单全收。"

时间就是金钱，速度意味着成功和收益，而慢下来则意味着失败和亏损。2008年，美国有一家公司耗费巨资开山架桥，在纽约和芝加哥之间铺设了一条光缆，其目的就是在交易中比对手快4毫秒，但这微弱的优势却能让公司赚到大钱。

既然世界如此之"快"，那么"慢"又有何意义呢？

人脑并不是超级计算机，在职场上我们看似超人一刻不停地接受新信息完成新任务，手头同时处理多个任务，但这会让我们的大脑很快耗尽供给神经能量的葡萄糖，随后我们就会效率低下、注意力分散。同时，超负荷的脑力工作还会削弱我们的自控力，让我们烦躁不安。

我们通过手机时刻了解全世界各地发生的新闻，但这也让我们的知识处于碎片化的状态，没有人愿意静下来阅读经典原著，信息爆炸限制了我们进行深度思考和广泛思考的能力。

快还让我们变得越来越不耐烦。当一个网页4秒钟还不能打开，我们就会去点其他网页，这个等待时间在1999年是8秒；人们对任何一种烦心事，比如排队或塞车，产生的愤怒情绪或挫败情绪，在过去的二十年里猛增。

这个时候我们需要什么？慢下来。

当我们放松下来，让思路随意游走，大脑会产生阿尔法波，这会促进我们的创造力。当我们躺在浴缸里或者沙滩上，说不定灵感就像阿基米德发现浮力一样随之而来。

诺贝尔经济学奖得主丹尼尔·卡尼曼有本书的名字叫《思考，快与慢》，他说人的大脑中同时存在两种系统，快速本能反应的快系统和深度思考的慢系统。人类在长久的进化中形成这两种系统，快和慢在不同的情境同样扮演重要的角色。

人的大脑如此，整个社会也是如此，快和慢是统一的，并非彼此对立。我们既需要引擎，也需要制动。社会的特征就是飞速向前，而这个时候，还能慢下来就显得尤其可贵。单一的快或者单一的慢都不能让我们通往幸福之路。

慢是现代病的解药，竞争和高速的背后往往是压力和焦虑。这时缓解我们焦虑的"无聊经济"也应运而生，NRK的慢电视受欢迎就是这个原因。

我们越来越需要能让我们喘口气的产品。例如曾经有一款名为"青蛙旅行"的佛系游戏风靡全球，而游戏的内容则是长时间地等待一只出门旅行的青蛙。再比如我就喜欢听各种下雨、流水和海浪的白噪音音频，这个时候我什么都不需要去想，只是静静地听着这些声音发会呆。

这正如NRK的"慢电视"制作人所说："安宁闲适又高效快捷，每个人都需要双重生活。"

盲盒：为什么让人如此上瘾

盲盒顾名思义就是一个看不见东西的盒子，这个盒子里通常装的是动漫、影视作品周边的玩偶手办，但是在打开前顾客并不知道里面究竟装的是哪一款。盲盒的历史可以追溯到日本的福袋，最初的福袋是作为处理尾货的方式，百货公司通常会在福袋里随机装着价值高于定价的商品，之后福袋销售活动在特定的节日固定下来。

近年来，"盲盒热"席卷年轻群体，据天猫发布的数据，2019年在盲盒上花费超过2万元的玩家已经超过20万人。2020年12月，"盲盒第一股"泡泡玛特在港交所上市，上市后公司市值超千亿港元。

人们为什么会对盲盒趋之若鹜，花钱买自己的款式不是更香吗？

这就要从我们的大脑说起，在我们的大脑中，有一个"奖赏机制"，大脑通过释放多巴胺来奖励某些行为。这个"奖赏机制"非常独特，即多巴胺对意料之外的奖赏比意料之中的奖赏多三至四倍。

实验人员研究发现，给猴子喝一口果汁，这时猴子大脑的多巴胺上升，但重复了几次以后，多巴胺会趋于平稳。此时，如果在猴子预期只能喝到一口果汁的情况下，给它喝两口果汁，多巴胺会再次上升；如果给它喝三口，多巴胺会进一步上升。但是如果重复给它喝三口果汁，多巴胺含量又会趋于平稳。

这个实验意味着分泌到大脑中的多巴胺并不取决于果汁的绝对量，而在于有多少果汁是意料之外的。大脑之所以会这样突然释放更多的多巴胺，是为了让大脑对新奇的、具有潜在重要性的刺激分配更多的注意力。

购买喜欢的手办固然让人高兴，但是不会有意外的惊喜，但是盲盒不同，你事先并不知道你得到的是哪一款，假如你意外得到了一款你非常喜欢的手办，那么大脑就会释放更多的多巴胺来奖励这个行为。

抽到喜欢的手办固然会有惊喜，但是这个事情又是如何让人上瘾的呢？这也同样和多巴胺有关。

人们通常认为多巴胺是一种快乐剂，在如愿以偿或者意外惊喜的时候，多巴胺就会产生不可抑制的内部快感，同时还携带着一股淡淡的欢欣和幻想传遍我们的大脑。然而多巴胺的作用还远远不止这些，它还会激励自己去捕捉这些回报。

在人类的进化过程中，假如我们成功地尝试某种新的打猎技巧，走一条新的小径在树林中发现大片浆果，多巴胺会让我们不断产生尝试这些行动的冲动，甚至是强烈的渴望。我们的大脑鼓励我们打破常规，去尝试全新的捕猎技巧和觅食模式，去接受更大的风险，就像买彩票一样，盲盒出现什么手办也完全是随机的，但是就像自然界憎恨真空一样，人类也厌恶随机性。人类对不可预见的事件有一种预测的成瘾性，这同样源于大脑中的多巴胺中心。

当我们精心研究后，认为发现了某种"规律"，在你迫不及待拆开盲盒后，正如你发现的"规律"，你得到了心仪的手办（或者隐藏款盲盒），这时会有一种特别的成就感。只要这件事让你足够的高兴，多巴胺就会对某些图像、声音形成永久性的提示。当你看到商家有新出的系列时，甚至只是拆开包装的声音，你当初的愉快情景会再现在你眼前，在多巴胺的推动下，你就会忍不住再次出手购买。

这种对预测成瘾的本能，源自人类的远古历史，这种识别和解释简单模式的能力，帮助我们的祖先度过了危险无处不在的狩猎阶段，让他们找到食物和住所，学会根据时令种植庄稼并得以延续。

只要是面对随机性事件，我们就会不自觉地去探寻其中所谓的模式，这就是我们大脑的本能，我们既不可能关闭这个功能，也不可能赶走它们。大脑中的某个专门模块会驱使人们去探索某种模式和因果关系，即便根本不存在这种模式和关系。

我们的大脑会形成一种对模式的期望，因为自然界中的事物的确是遵循某种规律模式的，比如闪电之后，雷声便会如约而至，大雪之后，也常常预示着丰年的到来。然而很多事情并不存在规律，比如彩票的中奖号码、股票的涨跌、盲盒的好坏，但是我们的大脑却不习惯"随机"，通过多巴胺的助推，我们的大脑去积极寻找模式。偶然的成功让我们以为对彩票、股票或者盲盒找到了规律。

对意外收获的期待，对寻找规律的渴望，种种的动机让我们欲罢不能，最终对购买盲盒着了迷。

铂金包：人类昂贵的"煤油桶"

耶鲁人类学女博士薇妮蒂斯·马丁是一个位于美国中西部密歇根小镇的姑娘，那里民风淳朴，在她35岁的时候，遇见了自己未来的丈夫，一个土生土长的纽约人。婚后，马丁随着丈夫的事业，住到了纽约的上东区这个富人区，体会到了前所未有的心灵冲击。

有一天在上东区，一个略微年长的贵妇完全不管人行道交通规则和礼仪，有意阻挡正常行走的马丁，甚至用包撞了她，最气人的是她还得意扬扬地笑了。

这件事引起了作为人类学家马丁的兴趣，她在街角蹲点，持续观察了几周，在她研究了一百多起撞击事件后，她发现这是上东区"正在迈向老年的中年妇女"发起的权力展示行为，被攻击的通常是年轻女性，并且她注意到，冲撞发生时，这些女人手上都有一只顶级的昂贵包包。

马丁被巨大的失落感吞噬，她无力改变环境，拥有一只爱马仕限量版的铂金包成了她的信念，这会让她在上东区行走时有安全感，就像电影《王牌特工》里所说："西服是现代绅士的盔甲"，而马丁的铂金包，是它在上东区自信行走的武器。

然而铂金包不是有钱就能买，这只纯手工制造的包包，每年全世界只生产2500只，如果你是无名之辈，爱马仕专卖店的店员只会遗憾地告诉你缺货，然后装模作样地把你的名字记在等候名单上。马丁动用了所有的关系，最后丈夫在亚洲出差的时候，终于在东京帮她买了一只金色的铂金包。

一个奢侈的包包为何有这种神力？

美国经济学家凡勃伦在1899年的经典著作《有闲阶级论》中提出了"炫耀性消费"的概念，指的是人们购买和炫耀昂贵商品的倾向，其目的是向他人展示自己的财富和地位。过度炫耀现象不仅在美国社会随处可见，凡勃伦还观察到，全世界的人在整个人类发展历史上都在炫耀自己的奢侈品。

古埃及的法老们通过金灿灿的宝座和庞大的金字塔大肆炫耀他们的财富；印度的邦主在他们的属地建造了奢华的宫殿，豢养大量珍稀的动物，印度瓜廖尔土邦主曾订购了一列真金白银打造的火车，用它只是在宫中的餐厅兜圈子，把盐和香料带给席间的宾客；希腊船王亚里士多德·奥纳西斯的奢华游艇比一个足球场还要大，还有一个用马赛克镶嵌的舞厅，将地板收起来之后就能露出泳池，船上酒吧里的高脚凳都包着华丽昂贵的软皮，洗手间的马桶全部是纯金制造的。

2008年，苹果公司的App Store上架了一款叫作"我很富"（I Am Rich）的APP，售价999.99美元，它没有任何功能，只是在屏幕上显示一颗红灿灿的钻石，为了让用户提醒自己很有钱。尽管这款无聊的软件第二天就被下架，但据统计还是有 8 个土豪买了……

奢侈品包包就是这样一种地位性的产品，马丁说："一个超棒的包是刀剑与盾牌，我要买一个她们没有的东西，她们想要的东西，或是她们有但见不得别人有的东西。"当别人看到我们拥有它们时，可以给我们带来"地位"的感觉，所有的人对它肃然起敬。

那为何人类（尤其是女性）对包包情有独钟呢？上东区的女性为何要用奢侈品包包去冲撞他人呢？这也许是品牌生产商策划的一个阴谋，让女性处于包包的竞争中，不过，也许它还有更深刻的进化原因。

黑猩猩专家珍·古道尔有一则真实案例，讲述一只名叫迈克的边缘黑猩猩如何一夕成为族群里的老大。迈克原来是一只地位低下的年轻黑猩猩，也是一个在族群内部常被欺负与排挤的外来者。直到有一天，迈克无意中拾获被人类丢弃的煤油桶，便用以展现身份地位。

黑猩猩在展现实力时，使用的方式是互相追赶，丢掷石块，摇晃树枝，或亢奋尖叫等，以吓唬其他同伴。所以当迈克拎着这个铁家伙，用大家都没看过的神秘物体敲击地面，并发出恐怖声响时，吓坏了族群内所有的同伴，这一场表演瞬间挤下了原来的首领歌利亚，让迈克攀上统治阶级，连续五年得到族群的敬畏。

黑猩猩迈克现在手上拎着的煤油桶，就是大家此前都没看过的奢侈品，这就相当于一个顶级昂贵的女包，这种地位性的产品震慑了同类，让别人对它产生了敬畏，即便人类后来拿走了这只煤油桶，迈克仍然处在族群的统治地位。

也许，那些奢侈品就是一个煤油桶。

费：像极了爱情的钱币

在南太平洋岛屿中有个名叫雅普岛的岛屿。在这个岛上，妇女使用的钱被称为"加"，这是一种珍珠蚌壳，呈铲形，中间有孔，用椰树枝条串起来。男人使用的钱币则完全不同，这种钱币被称为"费"。

"费"是由离雅普岛五百公里的帕劳群岛上产的一种石灰岩霰石做成的巨大石轮。雅普岛的男人们为了采集这种石头必须进行一次千里远航。在这种石钱的产地并没有把它作为货币。这种石灰岩在没有任何金属工具帮助下从岩壁费力地取下来，放在木筏上由独木舟拖着运回雅普岛。

这种钱币很大，呈扁圆形，中间有钻孔。它的价值是根据其大小和厚薄的程度而定，越大越薄的石轮越是值钱。最大的"费"直径达到4.5米左右，这恐怕也是世界上最大的钱币。

"费"的大小是用手来丈量，我们把手张开，拇指到中指的长度被称为一"拃"，1900年的时候一个直径为一拃的"费"可以买一袋椰干或大约 10 美元的商品。而一个大的"费"相当于一个妇女，一只独木舟，一头猪和大量的各种各样水果的价值。

这种大得出奇的货币要使用在日常贸易中，当然非常困难，你可以想象要是想买两头羊，你得拖着上百公斤的石块去交易。因此，"费"的最独特之处在于，在用其购买货物或者当作礼物赠送他人时，无需将石壁交付对方。"费"总是摆放在人家门前或村里的广场上，商人把货物卖给了别人，买家仅仅来查看一下主顾的"费"的外观和所在位置，只要买卖双方承认其主人发生了变更，石币的所有权就会发生转移。因此一个富有的人拥有的"费"可以遍布全岛，但对这些石币却不进行实际的占有。

这种奇特的交易方式诞生了很多有趣的故事。在雅普岛有个最富有的老人，其实谁也未曾目睹过他的财富——石币。因为这位老人的祖先曾经在帕劳群岛上挖到一块巨大的石币，但石币在运回雅普岛的途中遭遇了风暴而石沉大海。但这并不影响挖掘者的财富，因为当时有目击者亲眼看见了石币的巨大体积和优良质地，因此当地居民认为，即使石币沉入大海，依然不影响它的价值，只要它为大家承认。

就这样这块传说中的石币代代相传，这位老人被视为全岛最富有的人，尽管这块"费"永远躺在海底，并且谁也没见过。

1871 年，一位名叫大卫·奥基夫的美国人偶然经过雅普岛，当他仔细观察当地的货币情况后，他发现了巨大的商机。奥基夫来到香港，购置了凿石机，他把这种现代文明的机器运到了帕劳群岛上，很快他就用这些凿石机（印钞机）制作了大量的钱币，然后用机械帆船将石币运往雅普岛。"富翁"奥基夫用这些石币大肆购买了椰子干，并为此大赚了一笔。

白人统治期间，雅普岛的土著居民用"费"来支付税款或者罚金，白人只是在石头上简单地标明地方官吏姓名的开头字母，若此石币再易主人，就把开头字母擦去。

1899 年，德国从西班牙手中购入了雅普岛，几年后，美国人类学家威廉·亨利·弗内斯三世旅居雅普岛，记下了一段有趣的故事。德国人打算在岛内修路，发展交通，然而不管这些德国人如何威逼利诱，岛上的居民就是不配合，对他们来说，根本不需要修建这些道路。

德国人想出了一条计策，他们"没收"了岛上所有的"费"。所谓的"没收"，并不是把所有的石币找出并运走，而是仅仅用黑色的油漆在所有的石币上画了个叉。

德国人告知岛上土著居民，如果想取回"费"就必须参加修路。因为一夜之间"身无分文"，岛民不得不老老实实去修路。当工程完工后，德国人"大度"地把石币上的油漆擦去，而岛民则愉快地庆祝自己重获财产。

当我读到以上这些故事的时候，觉得"费"不像一种金融产品，而更像是人类的精神产物——爱情。它在哪里并不重要，重要的是它只能属于一个人。并且只要它在世间存在过，它就永远不会消失，哪怕它沉入大海，只要它还存在我们的记忆中，它就永远存在。

旗语：华尔街的"烽烟"

　　旗语就是用旗帜来传递信号。据史书记载，在明代郑和下西洋的船队中，便已经有了旗语通讯——"昼行认旗帜，夜行认灯笼，务在前后相继，左右相挽，不致疏虞。"船队白天悬挂和挥舞各色旗带，组成相应旗语，夜间就使用灯笼，在天气不好，能见度差的时候，还有铜锣、螺号配合使用。

　　在甲午海战中，双方舰队的通信都是通过旗语，不过旗语不可能迅速表达语义过于复杂的命令，使得指挥官所能起到的作用十分有限，各舰常常各自为战。到了二战期间，旗语仍是海军必不可少的通信工具，比如在偷袭珍珠港和中途岛战役中，日本舰队的旗舰会升起"Z"字旗，因为Z是最后一个英文字母，表示"绝无退路"，在日本的旗语中就成了"皇国兴废在此一战，诸君当愈益奋励努力"，当然这并没有什么用，日本联合舰队最终还是全军覆灭。

　　伊丽莎白女王一世曾命令沿着英国南部海岸建造一连串烽火

台，以便看到舰队来到的时候通知伦敦，但这种通信方式费用太高。18世纪末一个叫克劳德·沙普的法国人在法国境内建造了一连串旗语台，每个旗语台都是由桅杆和扶手组成，桅杆的顶端是通过滑轮升降的大旗。在一大群童子军的通力协作下，在巴黎和布雷斯特之间传送信息只需要几个小时，而如果由人骑马送信的话，即使最快的信使，也需要几天的时间。

有趣的是华尔街也曾一度使用过旗语。

在19世纪30年代，在每个营业日人们都要爬上位于华尔街的纽约股票交易所顶层，通过旗语向哈得孙河对面的泽西市的人们告知纽约股票交易所的开盘价格，对方接到消息后再转向下一个尖塔或是山丘上的人打旗语。当时每隔6英里或8英里就安排一个人在楼顶或者山丘上，手持大旗和望远镜接收和传递信息。这样大约30分钟后，开盘价格就可以传到费城。

当然你可想而知，如果遇到恶劣的天气这套通信装置就不管用了。此外，由于这条信息必须经过很多次传递，所以在传送过程中出错的可能性很大。纽约股市明明开盘大涨，到了费城说不定就变成了暴跌。

通过旗语传递金融市场信息在今天看来匪夷所思，2010年美国一家名为"Spread Netword"的公司为了采用最短路径，在纽约市和芝加哥市之间铺设一条825英里光纤传输信道，开山架桥其最终目的是将两地期货和股票交易的信息比别人提前4毫秒掌握。

其实每个时代的人们都是用自己的方法尽可能快地传递信息。中国古代用烽烟来传递草原上的敌人的入侵，1814年被放逐的拿破仑从厄尔巴岛潜回巴黎的消息通过信号台迅速传遍欧洲。当电报在 19 世纪 50 年代被发明出来，使得纽约可以在几秒内把信息传遍美国，这时旗语退出华尔街的历史舞台，而纽约却一跃成为世界金融中心。

氢弹：股市中藏着的惊天秘密

经济学家阿曼·阿尔钦（Armen A.Alchian）是现代产权经济学的创始人，著有《生产、信息成本与经济组织》。1941年，他从军队退役回来，在加州大学洛杉矶分校教书，同时他还受雇于美国当时有名的智库——兰德公司，职位是经济顾问。阿尔钦主要负责成本核算、预测生产规模等工作。

美国于1954年3月1日起在太平洋的比基尼及埃内韦塔克等两个环礁进行的一连串核试爆实验，这些实验又被称为城堡作战（Operation Castle），共计有6次，其中以第一次代号Bravo的实验最著名，因为美国对该次实验的威力估算错误，导致在附近海域作业的上百艘渔船及2万余居民发生严重的辐射中毒，以及该岛夷为平地并留下直径1.2英里的大洞。

兰德公司因为承接了很多军方项目，公司里的人知道这个核计划，兰德公司里都是出类拔萃的各行各业专家，于是阿尔钦和同事们都在讨论一个非常专业，并且属于最高军事机密的问题——氢弹的裂变燃料究竟是用什么做的？究竟是钍、铊、铍还是别的什么？

于是阿尔钦去问了解这个项目机密的赫尔曼·卡恩（Herman Kahn），卡恩被吓到了说："这可不能告诉你。"阿尔钦满不在乎地回答："我会发现的。"

阿尔钦先来到兰德图书馆找到美国政府部门的商业年鉴，上面有各个公司的产品介绍，阿尔钦大约只花了10分钟翻阅了这些年鉴，他找出了5家提供原材料的公司，然后他打电话给朋友迪恩·怀特，请他帮忙找出这些公司的股价。

阿尔钦分析了这些公司在氢弹爆炸前一年到爆炸后半年内的股价和当时的道琼斯工业平均指数，这些完全是公开信息。有一家公司瞬间跃入阿尔钦的眼中，这家公司的股价从8月份的每股2～3美元一路上涨，到了12月份居然达到每股13美元，而在氢弹爆炸成功后，股价开始稳定，这家公司就是美国锂业公司（Lithium Corp of America）。

另外，当时的《华尔街日报》在1954年8月31日的报道也显示了美国锂业公司不同寻常的财务状况，据报道，该公司1953年的净利润为77980美元，而1954年的净利润为152287美元，增幅为95%。

阿尔钦心想："这可相当有趣。"于是他就动笔写了篇名为《股市告诉我们》（The Stock Market Speaks）文章，推断氢弹爆炸使用了锂裂变燃料。文章在兰德公司广为传阅，但公司很多人质疑阿尔钦的结论，说："你一个学经济的，元素周期表都背不全，怎么可能知道氢弹是什么做的？"

很快阿尔钦接到公司负责人打来的电话说："我们要拿走

这个。"

20 世纪 70 年代，经济学家尤金·法玛提出了"有效市场"的概念，有效市场是指这样一种市场，在这个市场上，所有信息都会很快被市场参与者领悟并立刻反映到市场价格之中。这个理论假设参与市场的投资者有足够的理性，能够迅速对所有市场信息作出合理反应。尤金·法玛的这些理论使得他在 2013 年获得了诺贝尔经济学奖。

虽然美国军方对氢弹的秘密严防死守，但是市场的价格却真实地反映出了需求，也就是尤金·法玛提出的"资产的价格已经反映了关于资产内在价值的所有可得信息"，这使得阿尔钦能够轻易掌握这个重大机密。

事实上，阿尔钦猜测的没错，刚刚爆炸的氢弹采用了氘化锂作为燃料，而这枚氢弹的当量相当于投放在广岛原子弹"小男孩"的1000 倍。这个事件也成为 20 世纪金融研究的经典案例。

指券：马拉之死的金融秘密

　　《马拉之死》是法国新古典主义画派奠基人雅克·路易·大卫于1793 年创作的绘画作品，他描绘的是真实发生的历史事件。马拉是法国大革命的领导人之一，画中遭到女刺客夏洛克·科黛刺杀的马拉靠在浴缸中，一只手无力地垂在浴缸外。他胸口的血流在白色的被单上，画面的背景是近乎黑色的深色，占据了整幅画的近一半，让人压抑得透不过气来。

　　马拉垂下的右手还握着笔，左手持着刺客的字条。字条上写的是："1793 年 7 月 13 日。安娜玛利亚致公民马拉：我虽不幸，但能赢得您的好意，我就心满意足了。"木箱上摆着墨水和一份刚刚写完的信，这是马拉写给一个在革命中变得一贫如洗的寡妇的，信上写着："请把这张五法郎的纸币交给五个孩子的母亲，她的丈夫为保卫祖国而死去了。"除此之外信件边上还出现了一件马拉的个人财务——指券（Assignat）。

　　1789 年，法国大革命爆发，雅各宾派政府上台，由于政府缺乏提供资金支持的渠道，也并无发行令人信服的法定货币的基础，于是把目光转向了资产抵押债券，用资产来支持货币。革命国民议会没收了大量的教会财产，然后开始用纸币凭单（也就是指券）支付账单。

指券可以在公开拍卖中用来购买国有化教会的资产。然而印刷机印券的速度远远大于实际可供购买的资产。1790 年 3 月 17 日指券开始发行，到了 4 月份 4 亿指券（约 8000 万美元）投入发行。由于政府缺乏资金，在夏季结束时再发行了 8 亿指券。

法国作家西摩·哈里斯在他《指券》（1930）一书的研究当中，描绘了指券的一路贬值。1791 年年底，有 18 亿指券处于流通中，其购买力下降 14%。1793 年 8 月，指券数量增至近 49 亿，贬值 60%。1795 年 11 月指券达 197 亿。这时，其购买力自第一次发行后下降了 99%。五年来，革命法国的纸钞甚至变得比印刷它所用的纸还要不值钱。

罗伯斯庇尔意识到了这个问题，他拼命消灭贵族阶层并将他们的财产国有化来实现指券的价值平衡，但这却远远不够。另一方面教会土地的销售并不理想，很多人认为若革命失败土地就会被收回，不敢购买那些土地，从而让"销售土地—发行指券"的债务模式崩溃。

恶性通胀让社会陷入混乱。货物被囤积，商人不愿意接收指券。1793 年 2 月，巴黎暴民袭击了 200 多家商店，抢走了从面包、咖啡、糖到服装的一切东西。1793 年 5 月 4 日，国民议会对粮食实行价格管制。1793 年 9 月，价格控制扩展到所有被宣称为"基本必需品"的货物。

马拉是个颇有争议的人物，他既是革命者，也把血腥恐怖推到极端。然而大卫的画却让人联想到受难的耶稣。在画中，马拉紧紧抓着的是纸笔而非刀剑，指券被刻意安排出现在画面上，画家借此将证券化凭证和高尚的事物等同起来，革命重新分配了资产，让属于教会和贵族的资产回到了穷人（包括那个寡妇）的手中。

然而画家却无意中隐喻了大革命之死。错误的金融政策和血腥的暴力让革命失去民意，指券诞生了一批暴发户，但通胀最终的负担还是落在了穷人身上。1795 年 12 月 22 日，政府命令停止指券印刷。遭禁的金银交易再度得到允许，并被视为具有法律约束力。1796 年 2 月 18 日早上 9 点，用于制作指券的印刷机、印版和纸张被送到旺多姆广场，被当作罪魁祸首在巴黎群众面前被砸碎和焚毁。

然而一切已晚，1799 年拿破仑发动雾月政变，法国大革命结束，法国开始了拿破仑时代。

唐提式保险：侦探小说最青睐的保险

《生还者俱乐部》是美国推理小说家埃勒里·奎因最早的广播剧之一，它于 1939 年 6 月 25 日播出。故事包含了奎因很喜欢的一个情节设置，即唐提式保险———一群"出资人"共同创立一个基金的养老金制度，活到最后的成员将获得全部的钱——这一动机最后演变成一系列的谋杀案。

英国著名作家阿加莎·克里斯蒂在她的侦探小说中也多次提到了"唐提式保险"，这种保险经常成为谋杀案的线索。在阿加莎的《命案目睹记》中，侦探马普尔小姐和卧底露西之间有这样一段对话：

"我在字典上查到'唐提'了。"露西说。"我想你也许会查的。"马普尔小姐平静地说。露西引用字典上的文字，慢慢地说，"洛伦佐·唐提，意大利银行家，1658 年创一种养老保险制。参加保险者若有人死亡，其所享份额即加于生存者份额。"她停顿一下，"就是这样，是不是？那就与事实符合了。甚至在最近两个命案之前你就想到这个了。"

唐提式保险是团体年金、团体养老金以及彩票的一种有趣组合，它在经济史上有着重要地位。17—18 世纪，唐提式保险是欧洲各国公开募集资金的重要方式。唐提式保险得名于洛伦佐·唐提，他是意大利那不勒斯人，一直默默无闻，直到 17 世纪 50 年代的某一天，唐提的赞助人法国枢机主教马萨林，当时负责维持法国的财政健康状况，在法国国王面前公开支持唐提的筹款方法，唐提从此名声大噪。

那么为何侦探小说的作家爱上唐提式保险呢？这和这种保险的运作方式有关，唐提发明的是一种以受益人存活为前提的年金系统，活着的人可以通过这一系统领钱。这一系统的参与者们被分到不同的年龄组，每个参与者一次支付 300 里弗尔给政府。每年政府向每组参与者发放钱款，发放的额度是该组参与者缴纳钱款总数的 5%，每组获得的钱款再分给组里仍在世的参与者们，每个人获得的份额根据他们在该组总缴款额中所占的比例而定，随着该组最后一名成员去世，政府对这一组别的债务关系也不复存在。

正是这种分配方法，即最后一个存活者将获得所有收益，这使得它格外获得谋杀题材的小说青睐。比如《金银岛》的作者罗伯特·路易斯·史蒂文森就写过一部名为《错箱记》的小说，讲的就是某唐提式保险计划的最后一名存活者的侄子们争夺遗产的故事。

不过在现实世界，唐提式保险在法国获得了巨大的成功，因此很快被传播到了其他国家。各国政府用这种方法来筹集战争经费，市政项目资金。

伦敦现存最古老的桥梁里士满桥就是通过这种方式筹款建起来

的。里士满桥建于 1777 年，当时修建经费是这样筹集的：政府出售桥梁股份，每股的价格是 100 英镑，在桥梁建成后，投资者将每年获得年金回报，数额取决于过桥费的收取情况，如果有投资者去世，那么剩下的投资者将分配死者的股份。

一份保存至今的由 1734 年发行的法国唐提式养老金合约展示了这种养老金的运行机制：一个名为苏珊娜·伊丽莎白的 5 岁女孩的父母为她签订了这份合约，他们花 300 里弗尔购买了这份合约，只要女儿活着，她每年就能领取 8% 的收益即 24 里弗尔，如果死亡，则其收益1/4归政府，剩下的 3/4 将发放给她同龄的存活者。

从父母的角度看，这是一笔很好的交易，只要孩子活着，每年就有 8% 的利息，如果孩子活得更久，支付给她的年金就会更多。从政府的角度看，随着时间的流逝，每当一个唐提式养老金的持有人死亡，政府就会回收其收入的 1/4，而每年向所有存活者支付的年金率最终逐渐从 8% 下降到 6%。

尽管如此，那些活着的养老金持有者对政府而言仍然是个负担，不过政府不必像《错箱记》的那些侄儿们那样让其他竞争者死去，而是直接违约。1770 年法国财政总督阿贝·泰雷不顾文件中的承诺，宣布重组唐提式养老金债务，他把所有唐提式养老金合同都换成这样的终身年金——无论年龄如何，每年按 10% 的比率向其支付年金。

三面钟楼：想搭便车，可没那么容易

美国经济学教授亚瑟·奥沙利文讲过一个故事：在便宜的怀表面世之前，人们出门在外是不带表的，许多城镇都建造了钟楼以方便四面八方的市民看时间，在美国东北部的一个小镇有一座古怪的钟楼，在四个面中只有三个面显示时间——其中的一面没有安放钟面。

为什么会出现这种奇怪的事物，不妨听我慢慢说来。

我有个朋友住在体育场边上，每到有精彩的比赛或者演唱会，我们都会到他家里的露台上观看，如果用经济学的术语来表述这种行为的话，那就是"搭便车"——得到一种物品的利益而避免为此付费。

搭便车这种行为到处都有，我读大学的时候，一间寝室住八个人，寝室里常常脏得像猪圈，发出难闻的味道，大家都互相屏牢，直到某个人（常常是他的女友）实在看不下去，开始动手打扫房间，而其他人则搭了便车。

美国得克萨斯奥斯汀分校的经济学教授丹尼尔·哈默米斯讲过一个有趣的例子：在芝加哥郊区，小男孩们最刺激的游戏就是看某个孩子向经过的汽车扔雪球，当这个"勇敢"的男孩把雪球扔进汽车窗户时，其他孩子就在旁边哈哈大笑。大家都能从这种"勇敢"的行为中获益得到乐趣，即使围观的人再多，也不会减少每个人的收益。

有些时候汽车司机会大怒并停下来，追逐并训斥那个扔雪球的男孩。只有一个人需要承受扔雪球的成本，有时这个成本太大以至于大家都不想当投手。

现实世界中，扔雪球这个行为往往由政府提供，我们把它称为"公共物品"，比如灯塔就是公共物品，它让过往船只得以避开有暗礁的水域，每个船长都搭了灯塔的便车，然而却不用为此付费。因为人人都是搭便车者，私人市场通常不愿意提供这种服务，因此灯塔都是由政府经营的。

但是在一些情况下，灯塔也可以是私人物品，例如 19 世纪英国海岸上有一些灯塔由私人拥有并经营。那私营灯塔如何避免别人搭便车呢？原来灯塔的经营者并不向享有这种服务的船只收费，而是向附近港口的所有者收费，如果港口所有者不付费，灯塔所有者就会关掉灯，而船只就会避开这个港口。

有些时候，为了避免别人搭便车，还会有一些匪夷所思的行为。

比如本文开头的三面钟楼故事中，钟楼的主要成本是在建造楼身上，增加一个钟面的边际成本很低，为何建造者不在四面都放上钟面呢？原来当时的钟楼通常是市民用自愿捐款的方式来建造的，该镇中有一个有钱的居民拒绝为修建钟表捐款，所以小镇的官员决定不在钟楼朝向这个居民住所的一面放置时钟，换句话说，这个有钱的居民试图搭便车，却被一脚蹬下来了。

然而政府为了防止一个居民搭便车，而给其他居民带来了麻烦，同时也造成了效率低下，因为多放置一个钟面的成本远远低于所有居民原本可以得到的便利。

不管怎么样，小镇成功阻止了搭便车的行为，不过这要是座用敲钟来报时的钟楼，又该如何阻止搭便车者呢？

我们对自己的行为究竟了解多少

等待：快乐来源于对快乐的期待

如果说经济学是门"乏味的科学"（英国历史学家托马斯·卡莱尔语），那么行为经济学家可能是其中的一些异类，他们把乏味的经济学变得活色生香，比如他们把"明星的吻"引入了经济学的研究中。

芝加哥决策研究中心的行为经济学家尤瓦·罗登斯杰克和奚恺元做过一个实验，他们让大学生做两个测试题，其中第一个测试题是这样的："从以下两项中选择一项，A是赢得2500元；B是赢得和乔治·克鲁尼或安吉丽娜·朱莉等你喜欢的电影明星亲吻的机会，你会选择哪一个？"

第二个测试题则是这样："以下奖项的中奖概率均为1%，可供选择的抽奖内容为：A是赢得2500元。B是赢得和乔治·克鲁尼或安吉丽娜·朱莉等你喜欢的电影明星亲吻的机会，你会选择哪一个？"

对于第一个问题，70%的学生选择拿现金，而对于后一个问题，却有 65%的学生选择和明星亲吻。

这样的答案显然违背了理性决策的原则，根据理性决策，如果你对 2500 元现金的偏好大于明星的吻，那么你应该同样对 1%的机会赢得 2500 元的偏好，大于 1%的机会赢得明星的吻。那为什么会出现以上实验的结果呢？

其实大部分人心里都不愿意为一时的快乐牺牲稳定的收益，对于百分百得到 2500 元，大多数人都会选择现金。然而当中奖概率变成只有 1%时，人们便愿意赌一把了，选择得到电影中才能见到的明星的一个吻的抽奖机会，万一真要是能吻到朱莉（或克鲁尼），那岂不是可以炫耀一辈子。

这个实验的意义在于发现人们在概率很小的时候会改变偏好，愿意选择赌一把。

卡内基梅隆大学的行为经济学家乔治·洛文施坦教授也做过一个实验：一组大学生被告知，他们过一会有机会得到一个吻，而且是自己最喜爱的电影明星的；另一组则被告知，他们在一周后将得到同样一个令人激动的吻。

实验的目的是研究哪一组的大学生幸福感更强。结果发现，后一组也就是必须等待一周才能得到明星之吻的学生幸福感和满足程度更高，因为他们在期待中度过了这一星期中的每一天，他们每天都会以非常真实的心态想象自己和最喜爱的电影明星亲吻的情形，并且沉浸在这种幸福之中，好像已经和那个明星亲吻好多次一样。

这个实验告诉我们，很多时候，快乐来源于对快乐的期待，期待本身也是一种快乐，因此诸如在奖励员工、赠送礼物这些事上，晚说不如早说，这样让别人更大地享受这些事情带来的快乐。

在《笑傲江湖》中，郭襄对杨过说出了自己的心愿："今年十月廿四我生日那天，你到襄阳来见一见我，跟我说一会子话。"杨过满口答应："我答应了。这又有什么大不了？"郭襄聪明地把自己的快乐延长了，接下来的日子里，她每天都在见到杨过的期待中幸福地度过。

选择：第一印象的答案要不要改

几乎所有的人都会遇到这样的问题，当你在做选择题的时候你选了一个答案 A，但是很快你发现另一个答案 D 也很有可能，究竟是选 A 还是 D 呢？这让你很犹豫。

对于这个问题，大多数人会坚持自己的第一印象，也就是最初的选择。约有 3/4 的大学生相信，在考试中坚持"最初选择"比改变答案去选择另外一个会更好。许多大学教授也这么认为，在一项调查中，只有 26% 的大学教授相信，在考试中改变最初的答案会提高成绩。甚至那些专门帮助人们备考的指南，似乎也相信坚持"最初选择"是对的。比如有本名为《如何备考 SAT》的书就告诫学生，不要任意更改原来的答案。"在这种情况下，正确的答案经常被改成了错误的。"

那么真实的情况果真如此吗？经过近 80 年的调查，研究人员发现，大多数对答案选项的更改，是将错误改为正确，因此，大多数人们在考试中对答案进行改正的结果，会提高最后的考试分数。

而且不管你面对的测试是什么样的形式，这个结论都成立。不管是多项选择题、判断题，限时的、不限时的，同样如此。

有一项研究广泛地回顾了 33 份关于"更改答案"问题的研究，最终得出的结论是：就普遍而言，没有一个人会因为改变自己的答案，使情况变得更糟。也就是说在犹豫不决时，更改了你的"最初选择"并不会让你吃亏。

可是这件事看起来有违直觉。纽约大学斯特恩商学院的贾斯汀·克鲁格教授针对人类的直觉做过非常广泛的研究，他说："对于教育者和学生来说，这个结论着实违反人的一般直觉。人们通常会遵从普遍的信念，认为坚持'最初选择'是一个基本准则。然而事实上，确实并没有多少事实证据会支持这样的看法。"

克鲁格和这些研究人员观察了 16000 名学生在考试中的具体状况，发现更改答案会提高最终的考试成绩。事实上，对所有更改情况进行分析发现，将错误改为正确是将正确改成错误的实际状况的一倍。

那么人们为何普遍认为要坚持"最初选择"，这种有违直觉的观念到底是怎么来的？其实它来自人们的一种情绪，即"后悔"。人们作出的许多决策都是因为不想后悔。我们常常被警告说："你最好不要这么做，否则你一定会后悔的。"现实生活中我们也有很多后悔的事情，于是我们常常会产生"如果这件事情没有发生过就好了"或者是"再有一次机会就好了"这类的想法。

诺贝尔经济学奖得主丹尼尔·卡尼曼对于后悔有着一系列的研究，他说：后悔是由替代现实的可用性引发的反事实情绪，比如一架飞机失事后，都会有关于一些乘客"本不应该"在那架飞机上的报道，比如有的是在最后几秒才订到了位置，有的是从另一条航线上转机过来的，即他们都属于反常规事件。卡尼曼说："总体看来，人们从同一事件中感受到的痛苦有极大的差异，这种差异取决于人们是否能轻易地展开与事实相反的想象"。

卡尼曼让人们思考这两种情形，一种是布朗先生几乎不让旅行者搭便车，昨天他让一个男人搭了便车，然后他被抢了。另一种情形是史密斯先生经常让旅行者搭便车，昨天他让一个男人搭了便车，然后他被抢了。

这两个人谁更后悔？

答案不出我们所料，有88%的受试者认为布朗先生更后悔，12%的受试者认为史密斯先生更后悔。

行为经济学有个概念叫"忽略偏见"，也就是人们更容易接受由于自己的忽略或不作为导致的损失，而不愿意接受自己的行为导致的同等损失。在"默认选择"和"偏离默认选择"中，如果你偏离了默认选择，结果导致了糟糕的结果，那么你这种偏离常态的选择就很可能成为自己痛苦的来源。

打个比方，当你持有一支股票，你默认的选择是持有，但是你刚好遇到了某个同事，在他的说服下你卖掉了股票，卖出股票和你的默认选择相违背，可是偏偏这支股票大涨，于是这就会引发你强烈的后悔情绪。

人们对自己的"作为"比"不作为"感觉要负有更大的责任。如果某件事情可能会出错，那我们宁肯它是因为自己没有行动，没有去有所作为而出错。不作为就相当于一个默认选择，而且既然什么也没有做，我们就会感觉不必为后续出现的结果去负多大的责任。

我们回到更改最初选择的答案这件事上，克鲁格在接下来一个月后对学生的跟踪访问中，学生们对自己把答案从正确改成错误的情况非常悔恨，其程度要远远超过因为没有把答案从错误改为正确的悔恨。简而言之，更改了答案就相当于"偏离了默认选择"，它会带来更强烈的后悔情绪，因此学生对此的印象也更为深刻。

　　克鲁格的研究证实了这种记忆偏差。当学生们回忆有多少次是将正确答案改为错误答案，他们对这种情况会高估；当被问及，有多少次坚持本能的第一选项，最后发现还是错了的时候，他们倾向于对这种情况低估。

　　这种记忆偏差也解释了人们为什么会相信坚持本能的第一选择是一种更有效的策略。投资者在选择股票的时候，即使发现自己当初选择某支股票是错误的，他们还是倾向于坚守最初的选择，这就导致了更大亏损的出现。

习惯：加薪和升职的快乐为何很快消失

当我们在升职或者加薪后，会感到很满足，但这些满足感没多久就会消失；当我们买了豪车或者换了豪宅，也会以为自己很幸福，但是这些想象中的幸福感并没有来，即使来了，也不过转了一圈随即离去，这些究竟是怎么回事？

美国社会心理学家菲利普·布里克曼曾提出一个匪夷所思的问题，买彩票中得 100 万美元巨奖的幸运儿，他们的幸福感一定比因事故致残的患者高很多吗？几乎没有人会对这个答案质疑，然而布里克曼还是进行了细致的研究。

布里克曼选取了一家康复机构 29 名因事故导致截瘫的患者或者四肢伤残者，另外他还从伊利诺伊州彩票中心的中奖名单中选取了 22 名中彩者，这其中有 7 位中奖金额为 100 万美元，最少的也有 5 万美元。

布里克曼等人采用了打分的方法对这两组人的幸福感采取综合评价，总分为 5 分，在评估总体幸福感的时候，中大奖组平均为 4

分，事故受害组仅低了约 1 分，为 2.96 分。当预测未来的总体幸福感时，中奖组为 4.20 分，事故组为 4.32 分。在评估日常快乐时，中奖组为 3.33 分，事故组为 3.48 分。可见两组的差距并不是人们想象的这么大，甚至在对待日常快乐和未来生活时，事故受害人的幸福感还超过中奖者。

之所以会产生这种现象，是因为两种关键机制在起作用。一种被称为"对比机制"，即在短时间内，大的幸福事件的发生，会导致一些小事件失去驱动幸福的作用，而重大不幸事件的发生，同样导致以往给自己带来苦恼的小事件失去对幸福感的消极影响。

那些因事故给自己带来了巨大不幸的人，以往小的不幸事件便无足轻重，而以往不引人注意的小的幸福事件却会给他们带来更大的幸福感，反过来降低了他们总体的不幸感。

中大奖的彩民因中奖给自己带来巨大的幸福，但很快会觉得以往一些小的导致幸福的事件不再有特别意义，反过来降低了自己的总体快乐和幸福。

另一种我们称为"习惯化机制"，是针对长时间而言的，随着重大幸福事件或不幸事件发生的事件远去，中大奖后的激动心情或因事故致残的剧烈痛苦和不幸会逐渐消失。

随着时间的推移，中大奖者会把中奖给自己带来的快乐看得习以为常，这些快乐渐渐不再强烈，因而中大奖对他们的日常快乐水平不再有很大影响；因事故致残者也会渐渐把自己的不幸和痛苦看淡，这些不幸和痛苦不再强烈，故而该不幸事件对他们的日常不幸和痛苦水平不再有很大的影响。

当我们住进了海滨别墅，每天对着大海看日出日落，这的确很幸福，但是这些很快会让我们习以为常，接踵而来的是我们不能习惯海风的潮湿和侵蚀，抱怨地段偏僻带来购物看病的不方便……

当我们在职场受到排挤跌落谷底，你会发现以前觉得害怕的事情也不过如此，并且还有新的喜悦发生，你看清了谁是势利眼、谁真正对你好，同事一声亲切问候，也会让你心中充满感激……

正是由于对比机制和习惯化机制的存在，它们像一个人生的幸福均衡器，使得这个世界更加公平，那些生活的宠儿，他们无法体会微小的幸福，而那些人们认为的不幸者，却对生活中每一个微小的幸福都能深深感受到。

1995年的春天，电影《超人》的扮演者克里斯托弗·里夫因在比赛中不慎坠马而导致四肢瘫痪。作为明星的所有特权一下子消失了，他的生活就是围着轮椅和病床转，还得需要别人为他用海绵来擦身体。正如他在自传中写道，他觉得自己的生活全完了，他想："我为什么不死呢？也省得给大家添麻烦。"

可是仅仅几年之后，克里斯托弗就又回到了公众的视野中，他开始积极资助脊髓研究，1996年他在奥斯卡颁奖典礼上做了发言。1997年自己担任导演，执导了《黄昏时刻》，1998年他重返银幕，参加了《后窗》一片的演出。虽然他已离不开轮椅，脖子以下的部位都无法控制，但是他仍然保持高度乐观，信心百倍地宣称："当我放眼未来时，我看到了更多的可能性，而不是局限性。"

当生活出现巨大转变后，我们应该避免迅速作出重大决定，在美国监狱里的自杀行为有一半都发生在入狱的第一天。当我们陷入绝望或者狂喜之中，都很难相信这些强烈的情感会消失。就像克里斯托弗回忆当初人们告诉他，可以从绝望和痛苦中恢复过来，他只简单地回了句："我不信"。

《伊凡·杰尼索维奇》是诺贝尔文学奖得主亚历山大·索尔仁尼琴根据个人经历写成的，讲述了一个被遣送到西伯利亚劳动的苏联囚犯的故事。

主人公伊凡度过了糟糕的一天，他很饿，只喝了一小碗汤，吃了一点面包，他衣不蔽体，但是还得在寒冷的天气中干几个小时的体力活。睡觉的时候，伊凡"心满意足"，而且总结道："这是没有乌云的一天，几乎算得上快活。"

伊凡遭遇了巨大的不幸，他已经在营地待了一段时间，对恶劣的饮食、艰苦的劳动和寒冷的天气都有了充分的心理准备。所以当这些糟糕的事情出现后，他并没有感到太痛苦，相反"没有乌云的一天"这样小小的出乎意料的好运的出现，不管它是多么微不足道，仍然让他感到快活。

"幸福是要自己去寻找的，无论你在空间的哪一个角落，在时间的哪一个时刻，你都可以享受幸福，哪怕是你现在正正在经历着一场大的浩劫，你也应该幸福"，坐在轮椅上说这话的作家史铁生，一定比普通人更深知什么是幸福。

背痛：背部疾病的最佳治疗

"腰酸背痛"几乎是每个成年人都会遇到的麻烦，有个统计数据说，一生之中，一个人有70%的可能性在某个时刻遭受背痛的折磨。在美国大约有1%的劳动年龄人口因为"下腰椎疼痛"而无法工作，背痛治疗的费用超过了260亿美元。

腰背部位是一个精密复杂的身体部位，到处都是小骨、韧带、脊椎盘和小肌肉。而且背部还有脊髓，脊髓是一大束敏感的神经元，非常容易受到刺激。因为背部有这么多运动部位，所以当你因为背痛去医院时，医生也很难搞清楚到底哪个部位造成了背痛，因为找不出明确的病因，所以医生通常建议病人回家卧床休息。

医生这个简单的建议常常极有效果，即使没有对背部采取任何治疗措施，90%的病人在卧床休息之后的七周之内就会好转，身体自愈，病痛消退。在20世纪80年代末之前的数十年中，这种看似保守的治疗方式一直是治疗背痛的标准办法，虽然绝大多数病人并没有得到明确的诊断，但用卧床休息的办法使得大多数人的病情明显好转。

自从 20 世纪 80 年代末引进核磁共振成像仪（MRI）之后，医生似乎找到了法宝，一切都发生了改变。在短短几年之内，MRI 成了一个重要的医疗工具，它能让医生第一次在高得惊人的精确度下看到身体内部的图像。有了这些精确图片，医生不再需要想象皮肤下面的肌体，他们可以看到一切。

MRI 似乎给背痛治疗带来了革命性的转变，然而很不幸的是，这项技术并没有解决背痛问题，实际上这项新技术还可能使问题变得更糟。

医生通过 MRI 一下子看到这么多信息有些不知所措，因为从无关信息里识别出重要信息太费力了。以腰椎间盘异常为例，传统的 X 射线只能看到肿瘤或腰椎问题，但是 MRI 却能清晰地看到椎间盘，当首次引进 MRI 以后，医生将背痛诊断为腰椎间盘异常的案例开始暴增。

从 MRI 来看，问题变得很严重，背痛病人的椎间盘看上去严重变形，而人人都认为椎间盘变形引起周围的神经发炎，医生开始实施硬脊膜外麻醉缓解疼痛，如果疼痛还不消失，就会动手术切除病变的椎间盘组织。

1994 年《新英格兰医学杂志》刊登了一项研究报告，研究者拍下 98 个没有背痛症状或任何背部相关问题的病人的脊椎照片，然后把这些图片发给一些医生诊断，医生并不知道病人没有背痛，他们的诊断结果令人吃惊，2/3 的正常病人患有"严重的腰椎间盘突出"。

这项研究得出的结论是：大多数情况下，MRI 在没有背痛症状的人身上发现的腰椎间盘突出可能是巧合。很多 MRI 发现的问题实际是人体老化过程的正常体现，完全正常的脊柱只能在年轻人身上才能看到。

《美国医学协会杂志》上的一篇论文讲述了一项大型研究：研究者将 380 名背痛患者随机分成两组，让其中的一组接受 X 光检查，另一组则接受 MRI 检查。实验的结果是，两组病人的病情大多数都有了好转，两者并没有什么不同，不过诊疗过程却大不相同，MRI 组的病人注射的药物更多，物理治疗更多，动手术的可能大 2 倍，尽管这些病人付出了昂贵的诊疗费用，吃了更多的苦头，但效果并没有更好。

之所以造成这种状况是因为医生接收了太多的信息，从而扰乱了视听，当一个人的前额叶皮质负担过重时，他就不再能够理解情境，混淆相关因果关系，把理论建立在巧合之上。

不过要医生停止过度使用 MRI 似乎很困难。经济学家杰弗里·克莱门茨和乔舒亚·戈特利布想通过测试了解，医生通常会一如既往地关照病人，给予这种关照是因为他们认为这是起码的职责呢，还是因为受财政奖励驱动？

最后两位经济学家研究的数据表明，医生会为金钱奖励驱动。在报销费用较高的地方，有些医生会安排更多高报销额的治疗，如更多白内障手术、结肠镜检查和核磁共振。

接下来是和背痛治疗同样的问题，在得到所有这些额外的保障之后，病人的病情会好转吗？克莱门茨和戈特利布的报告指出，这些措施对提升人们的健康水平只发挥了"非常小的作用"。两位经济学家发现金钱奖励对降低死亡率无显著效果，如果给医生更多的经济奖励，让他们可以安排一些治疗，那有些医生就会安排更多治疗，这对病人的健康来说效果不大，而且似乎也不会延长他们的寿命。

同样，对治疗背痛的医生来说，MRI 绝对是必要的，因为这样可以给病症一个明确的解剖学原因，然后就可以进行昂贵的手术治疗了。

戒烟：斯蒂芬·金的"戒烟公司"

《猫眼》是美国 20 世纪 80 年代的一部惊悚喜剧片，该片的编剧是著名作家斯蒂芬·金，而其中的一个故事也来自他的短篇小说《戒烟公司》。

主人公迪克·莫里森是个老烟枪，有次他去机场接机，偶遇大学同学吉米。吉米曾经也是个老烟枪，但眼下他似乎已经走上了人生巅峰，不但看上去很健康，而且还成为一家大公司的副总裁。

吉米告诉迪克，他已经把烟给戒了，并且还向迪克推荐了这家让自己成功戒烟的公司。于是迪克前去考察，结果发现该公司是一个黑帮老大创办的，由于吸烟的不良习惯导致他在和肺癌的抗争过程中失败，这才让他决心办这个戒烟公司。

与迪克会面的戒烟公司顾问保证说，在完成他们的治疗程序后，迪克绝对不会再吸烟了。戒烟公司之所以能如此有效，是因为那些被逮到复吸的人会面临可怕的惩罚。如果迪克在戒烟过程中复吸，那么其家庭成员将遭到可怕的折磨。当迪克第十次屈服于香烟的诱惑时，戒烟公司会派杀手杀了他，从而保证他再也不会吸烟了。

面对如此可怕的条款，迪克想退出，可是已经来不及了，戒烟程序已经启动了。在迪克面前只有两条路，要么被杀，并且之前全家都要受到折磨，要么戒烟成功。

这家公司的创始人堪称博弈论的高手。在戒烟博弈中，戒烟公司作出的威胁其实是提前制定一个回应规则，如果你不按规则制定者的意愿行事，那么可怕的惩罚就要来临。在这场博弈中，最重要的是确保威胁的可信性。如果没有可信性，那么其他参与者就不会受只言片语的影响。要让威胁可信首先必须要有声誉，如果是一家卖快餐的公司开了这家戒烟公司显然起不到作用，事实上这家公司据称来自臭名昭著的黑帮，这就让戒烟者相信，假如不能完成戒烟目标，必定会遭受可怕的惩罚。

同时，为了让威胁显得可信，就必须要有计划好的行动路线，以及使该路线显得可信的相关行动。在《戒烟公司》这个故事中，该公司列出了详细的行动路线，比如吸第一根烟会怎么样，第二根烟又会怎么样，直到第十根烟，就把委托人杀了。整个计划详细而可行，这让戒烟者时刻处于这种恐惧之中。

这个故事虽然来自斯蒂芬·金的惊悚小说，但在现实生活中仍然能找到它的影子。

美国广播公司黄金时段节目《生活·博弈》运用了和戒烟公司相似的策略，他们制作了一个减肥节目，规定参与者必须同意只穿一件比基尼来拍照，在接下来的两个月后，所有未能成功减肥 15 磅的人，都要把他的照片在电视台上公开亮相，并长期挂在该节目的网站上。想要避免这种灾难，就成为一种强有力的激励。其结果除了一个人，所有的参与者都减掉了 15 磅或者 15 磅以上，而那个失败的人也只差了一点点就成功了。

有个叫尼克·拉索的美国人也制定了类似的计划。根据《华尔街日报》报道，"受够了各种各样减肥计划的拉索先生决定将他的问题公之于众。除了坚持每天 1000 卡路里的饮食之外，他还为任何一个发现他在餐厅里吃饭的人士提供一笔赏金——高达 25000 美元，这笔钱将捐给对方指定的慈善机构。他已经在当地的餐饮场所张贴了他自己的照片，上面注明了'悬赏缉拿'"。

耶鲁大学经济学家丁·凯兰成立了一家和斯蒂芬·金的"戒烟公司"类似的网络公司，当然，他并没雇用黑帮打手，他只是跟委托者签下了与经济利益挂钩的协议，来促使他们完成一些目标。比如戒烟者必须交纳一笔昂贵的保证金，如果委托人未能实现最初的目标，那么这些钱将被捐给慈善机构。有时为了让委托人更有动力，一旦目标努力失败，这些钱甚至会送给他们最讨厌的人。

虽然不至于被黑帮追杀，但想到自己辛辛苦苦赚的钱平白无故送给最讨厌的人，这个动力也足够大了。

排队：迪士尼是如何排队的

　　布鲁斯·拉瓦尔于 1971 年加入了迪士尼乐园的工程部。他在迪士尼的第一份工作是想出什么办法能够减少单轨铁路游乐项目的等待时间。这个小火车项目很受欢迎，管理层认为有理由添置第六辆单轨火车，这样就可以承载更多的客人，从而减少游客的排队时间。

　　不过拉瓦尔进行了反复模拟，他找到了一个反直觉的解决办法：为了缩短大家的排队时间，迪士尼乐园可以撤掉一辆火车，而不是增加一辆。因为出于安全考虑，每辆火车前面都有一个缓冲区，这样，当火车接近另外一辆火车时，就必须减速或者停车。减少了火车的数量也就意味着可以加快火车的移动速度，其结果就是增加了单轨火车的整体载客量。

　　解决拥堵的方法，很多时候都是反直觉的。

　　随着迪士尼乐园越来越受到游客欢迎，乐园的管理者意识到，游客的不断增加使得人群管理起来就很困难，尤其是一些很受欢迎的项目，比如"飞越太空山"，游客的队伍很长，等待的时间需要很久。那么，应该采取什么措施解决这个问题呢？

迪士尼采用的是交通网络的方法，也就是达到一种低效平衡。人们可以排队等候，如果队伍太长，他们会自主决定不去排队，然后转移到其他行程中去。这种队伍可以进行自我调整。这好比我们在超市排队等待结账，如果某一支队伍过长，或者移动速度过慢，人们会自发转移到另一支队伍中，最后得到大致均衡。

迪士尼还可以使用一些心理学的技巧，比如公示出的等待时间长于实际等待时间，或者避免队伍呈直线，通过环绕使队伍看上去显得不那么长。可是即使这样，人们还是必须在队伍中等候，他们没有办法购物或者去吃点什么。

当然迪士尼可以增加游乐项目来扩大游客的容量，然而这样做也存在缺陷，因为增加设施需要投入很多资金，并且虽然在游客量达到高峰的时候减少了游客等待时间，但是一年中的大部分时间这些设施会处于闲置。

于是迪士尼尝试了一种交通堵塞定价，即出售不同价格的门票。不同的门票包含了不同的游乐项目，通过价格差异来控制某些热门项目的排队时间。比如A票包含了旋转木马之类温和的游戏，而包含前面所说的"飞越太空山"之类的热门项目，需要购买E票才可以，价格远远高出A票。

通过价格差异，理论上不仅阻止人们只排队等候最有吸引力的项目，而且可以把人们分散到乐园各处，避免在"飞越太空山"等热门游戏项目前造成交通堵塞。然而让迪士尼管理者没想到的是，这种方法并没有减少游客的排队时间。因为到迪士尼乐园的游客，

80%都是第一次游玩，很多人没有特别计划好先玩哪一个项目。而E票就像一个红色信号灯闪个不停，告诉人们"先来玩这个"。每个人都希望物有所值，不浪费自己花更多的钱买的E票，所以他们迅速地选择了最贵的游乐项目。这种项目不是因为受欢迎，而是因为价格高才让游客趋之若鹜，再一次造成拥堵。

终于在1999年，迪士尼乐园引入了"快速通行卡（Fast Pass）"来解决排队问题。这个系统给游客发放票证，告知游客何时可以玩到某个项目。而快速通行卡实际上利用了网络在空间和时间上的作用。不用排队等候，有人等在"虚拟队伍"中，等待的是时间而不是空间。游客不用枯燥无聊地排在队伍中，他们可以换到其他人少的项目，或者干脆去购物吃饭。

这种方法如今也广泛使用于医院中。尽管一些医院的知名专家病人还是这么多，每天发出的号并没有减少，但是患者不必在医院无聊地排队，他们可以通过手机进行"虚拟队伍"等待，期间患者可以去做其他的事情，当快要排到时赶到医院即可，大大提高了效率。

如果医院只是通过提高专家的挂号费来减少患者的排队时间，则犯了迪士尼原来的毛病，不同价格的门票并不能减少游客，同样，不同价格的挂号费反而会使得病患觉得既然来了，还是请最好的医生看一下才比较放心（病患通常会把最贵的医生和最好的医生联系起来），结果造成了专家资源的进一步拥堵。

减肥：来自餐桌上的助推

美国一项针对腰围的经济学研究发现：从二战结束到 1970 年左右，一个正常人每天的能耗呈下降趋势，走路或者骑自行车去上班的人越来越少，坐办公室的人越来越多，到了 1970 年，我们身体每天的能耗就基本维持在一个稳定的水平。

但 1970 年之后却出现另一个巨大变化：我们的食量开始增长，每过十年，我们的日均能量摄入量增长 300 千焦，于是肥胖成为一个困扰现代人的重大问题。

诺贝尔经济学奖得主理查德·泰勒说："大多数人的吃饭习惯都会受到同桌吃饭者的影响，肥胖是能够传染的。如果你有很多超重的朋友，你的肥胖概率便会加大。要想使自己的体重增加，最好的方法莫过于与别人一起吃饭。平均起来，与另外一个人一起吃饭会比独自吃饭的饭量大 35%；4 个人一起吃饭会使自己的饭量增加 75%；而 7 个人以上一起吃饭会使自己的饭量增加 96%。一名养鸡的同事告诉我，鸡也与人一样。如果一只鸡已经吃饱，而此时向鸡舍中放入另一只因饥饿而不停啄食的鸡，那么那只吃饱了的鸡会再次吃起来。"

理查德·泰勒说这番话是在他的著作《助推》里，所谓"助推"，就是不通过强制性的手段或者硬性规定，在不知不觉中推动人们作出最优选择的理论。那么对于减肥，有什么好的助推方案呢？

康奈尔大学食物与品牌实验室主任布赖恩·文森克与几名同事在芝加哥的一家电影院进行了一次实验，他们向每位电影观众免费发了一桶过期的爆米花。实验者虽然没有告诉观众这些爆米花已经过期，但是一尝观众也不难发现这些爆米花口味不太对劲。

在实验中，有一半观众拿到的是大桶包装的爆米花，而另一半观众拿到的则是小桶包装的爆米花。平均下来，拿到大桶的观众在看完电影后比拿到小桶的观众多吃了53%的爆米花，尽管他们并不喜欢那些爆米花的口味，但拿到大桶爆米花的观众不知不觉中多吃了很多。

文森克还发现，他们在一个实验中允许参与者用碗自由取零食来吃。实验结果显示，当零食的碗尺寸增大一倍的时候，参加者会多吃大约50%的零食。当餐具和桌布颜色对比较大的时候，人们的进食量受到盘子大小的影响更大；而当餐具和食品颜色对比较大的时候，人们的进食量受到盘子大小的影响更小。

文森克另外的一些发现也出乎你的意料，如果我们把食物分为有快乐色彩的"快乐食物"（比如M&M巧克力豆）和较少快乐色彩的普通食物（比如葡萄干），人们的确会在情绪低落的时候吃更多的快乐食物，在快乐的时候吃更多普通食物。鉴于我们日常生活中的快乐食物通常是高热量的，那么人的确会更容易在不开心的时候吃更多高热量的食物。另外看悲伤的电影会让你多吃 28% 至 55% 的东西；而餐厅中柔和的灯光和动听的爵士乐却会让你吃得更少。

在一次超级碗赛事直播期间，文森克曾邀请学生们参加自己举办的赛事派对，派对期间炸鸡翅随意吃。在这期间，一半桌子上装鸡骨头的碗会由服务生定期清理并更换，另一半则不管，任由骨头堆着。结果清理掉骨头的那些桌子上的人平均吃掉的鸡翅，比不清理的人多了近 2 个。

因此人们吃多吃少依赖外部条件，这就为助推提供了可能。比如你想减肥就尽可能避开胃口好的朋友一起吃饭，冰箱里最好不要把食品放得满满的，吃东西时尽量避免大盘和大包装。

加塞：开车时我们为什么想插队

我们开车在拥堵的路上时，会对那些不停从这个车道换到另一个车道的司机很不满意，但不可否认，我们也经常成为其中的一员。

加拿大有家电视台的新闻节目组，想通过实验了解一下不停地插队和转换车道到底能给我们节约多少时间。他们找了两辆通勤车行驶在同一条公路上，一辆车的司机被告知要尽可能多地加塞和变换车道，而另一辆车的司机则被要求尽量少换车道。在长达80分钟的驾驶途中，换道的司机仅仅节省了4分钟时间，这么做显然并不值得，司机不停地变换车道所承受的压力和消耗的精力，显然超过节省这4分钟的价值，这还不包括这么做带来的车祸风险。

加塞、插队、换道并不真正节约我们的时间，但为何我们还是要这么做呢？开车插队这件事比我们想象的复杂，因为坐在车里思考和观察问题的方式，和我们平时是不同的。

当我们堵在某条车道上，眼睁睁地看着别人向前走，会感到异常地痛苦。麻省理工学院的理查德·拉森是研究排队的专家，他说，通常有两种排队的形式，一种是汉堡连锁店温迪快餐店这样只排一队，另一种是麦当劳队伍，它通常排成几列。

拉森解释说：为什么从银行到快餐连锁店都在转变排队体制，从多条队伍转变成单一的而蜿蜒的长队？这其中的原因就是社会公平意识。如果只排一支长队，就可以保证先来先得。如果队伍有几列，情形就像是麦当劳的午餐时间，你会感到压力，很想插队到旁边队伍，因为很可能旁边的队伍中位置和你一样的那个人比你先得到服务，这会让人很气愤。

道路的通勤状况就像手风琴一样，道路因堵塞而速度减慢，就像手风琴缩回去，当手风琴打开，车辆就开始加速。道路的特征就是时停时走，很不规律，这种变化发生在不同的时间，不同的车道，行驶在暂时开放的车道上的司机可以迅速超过另一条车道上拥挤的车辆，但不久以后，他们自己就会被堵在路上看着别人的车呼啸而过。也就是说，在整体上，你驾驶的车辆和旁边车道的车辆基本保持一致。

美国斯坦福大学的统计专家罗伯特·蒂施莱尼等人做过一个实验，他们模拟两条堵塞的车道，同时还利用现实中拥挤的公路视频来分析实验者。研究人员发现，人们在观察其他司机的行为时会产生错觉，即使实验对象多次把车开到别人前面，也有很多超车经历，但是实验者还是感觉多数时间是被别人超了车，而不是超了别人的车。

产生这种错觉的原因是来自我们的视线，研究者发现，司机在80%～90%的时候都在盯着前方的路看，同时也会关注相邻的车道，正因如此，我们才可能保证在自己的车道上正常行驶。这也意味着我们很了解从我们身边开过的车，但我们只用6%的驾驶时间来看后视镜，也就是说，我们更关注超过我们的车辆，而不是被我们超过的车辆。

诺贝尔经济学奖得主卡尼曼等人揭示了人们的"损失厌恶"心理，人们对亏损的反应比对盈余的反应大得多。比如用抛硬币来打赌，如果是背面，你会输掉100美元，如果是正面，你会赢得150美元，你愿意玩这个游戏吗？

对于大多数人来说，失去100美元的恐惧比得到150美元的愿望更加强烈，这就是因为失去比得到给人的感受更强烈，因此人们往往会规避损失。那么想要平衡100美元的可能损失，我们需要得到多少收益呢？卡尼曼研究了这个问题，他的答案是对很多人来说，需要200美元的可能收益才能平衡这种恐惧。有几个实验对"损失厌恶系数"作出估计，这个系数通常在1.5～2.5之间。

当我们开车超过别人时，我们会有"收益"的感觉，但别人的车超过我们，我们则会感到"损失"，事实上"收益"和"损失"是很接近的，但是由于"损失"会带给我们更深刻的感受，所以我们总体上会感到别人不断超车。

你的车被堵着无法动弹，而其他车从你身旁超过（你不太会记得自己超过别人的车的时候），这既让你感觉不公平的痛苦，也会让你感到损失的痛苦，于是你转动方向盘会移出被堵的车道，通过变换车道甚至不惜加塞插队。当你这么做的时候，你身后的司机越发会感到不公平和损失带来的焦虑感，这种焦虑感会让他们感到等候的时间更长，于是他们也会忍无可忍，采取相同的驾驶策略。

开会:开会时我们该怎么发言

开会很有可能占据了我们生命的很大一部分时间,但很多人开了一辈子会却对这件事情一无所知。

所有的证据都表明,人们发言的顺序对讨论的进程有很深的影响。行为经济学家发现,当我们首先抛出一个观点和数据后,对之后的决策会有重大的影响。比如汽车经销商用黑体写的价格标签,实际上那个是一个虚价,没人按照这个价格付款,但是这个虚价却可以充当一个锚,这样销售员给出真实价格时,买家就会觉得很划算,这一现象被称为"锚定效应"。

开会时同样如此,最先发表的意见更有影响力,并往往会为讨论提供一种界定范围的框架,框架一旦被确定下来,那些持不同意见的人就很难打破和逾越它。因此,假如你率先发言,很可能主导整个会议的讨论方向。

在一个成员彼此了解的团体中,地位往往能决定发言的模式,地位较高的人通常比地位较低的人说得更多。如果地位较高的人他的权威源于其知识渊博和专业领域的研究，发言说得比较多大家也容易理解，事实上，那些地位较高的人即便不清楚大家在讨论什么，他也会发表自己的长篇大论。在影视作品中我们常常可以看到，领导来到正在讨论的会场，主持人说"请领导说两句"，然后这个领导就开始滔滔不绝地发言，并且听起来似乎颇有见地。

有人曾对飞机机组人员进行过一系列实验，要求他们解决一个逻辑问题，结果发现飞行员在为他们的解决办法进行辩护时，要比领航员的发言更有说服力，甚至在飞行员的解决办法是错误的，而领航员的办法是正确的时候也是如此。领航员会顺从飞行员的意见，即使以前他们从未见过这些飞行员，这是因为他们想当然地认为飞行员的地位意味着其更有可能是正确的。

在会场上，我们还总会遇到几个特别爱说话的人（一般来说，男性的发言总是要比女性多），一个人爱说话是一件既令人担心又很有趣的事情，这些人对小团体的决策具有较大的影响。如果在一个团体里你很爱说话，那人们往往会在潜意识里把你看成一个专家。

爱说话的人不一定受到团体其他成员的喜欢，但团体的其他成员却必须一直听着，所有的研究都表明了相同的结论：即某人说话越多，团体中其他人就越会谈到他，在团体讨论中居于中心地位的人，往往能大大影响最终的决策，而不仅仅是讨论的过程。

不过并非在特殊领域有专业技能的人才滔滔不绝，事实上，在爱说话和专业技能之间并没有多大关系，并且爱说话的人还常常将自己想象成领导者，他们通常会高估自己的专门知识和技能，这也是他们不受欢迎的原因。

另外还有一个重要的问题，开会的时候要不要对领导提出反对意见？英国经济学家蒂姆·哈福德说："多数领导想听到的反馈信息的真实度其实是有限的，多数人在与当权者交谈时总是对观点加以粉饰。如果等级制度森严，这一过程就会不断重复，真相最终会被一层厚厚的甜言蜜语包裹得严严实实。"

　　伦敦的卡斯商学院教授大卫·西姆斯教授也有类似的观点，他说："如果你传递坏消息，那么你就是在削弱自己的权力，以后，你的意见就更不可能得到倾听。即使是一个冷静有教养的领导人，也会倾向于将老是与自己唱反调的人清理出自己的核心圈。"

　　虽然反对领导的意见和传递坏消息对个人而言是件糟糕的事，但对团体却恰恰相反。如果在开会时有一个或几个人提出异议，那么这个团体的决策就会更好一些。敢说真话是一种珍贵的品质，任何团体，如果缺乏这样一些坚持己见的人，那么会议作出的决策往往会使存在的问题变得更糟。

请客：轮流请客还是 AA 制

　　假如你每天中午都在单位吃饭，厌倦了食堂和外卖，于是隔三岔五和几个要好的小伙伴去附近的餐厅打个牙祭。可是，这顿不定期的聚餐，究竟是大家轮流坐庄请客好呢，还是大家 AA 制付款好？

　　在回答这个问题前，我们先要了解一个经济学的基本概念：边际。

　　简单地说，边际就是"新增"带来的"新增"。比如边际成本就是每新增一个单位产品所需要付出的新增成本；边际收入就是每多卖一个产品能够带来的新增收入；边际效用是每消耗一个单位的商品所能带来的新增享受……

　　关于边际，经济学还有一个最重要的原理——"边际效用递减定律"。即在单位时间内，随着人们消耗的某种商品的数量不断增加，消耗这种商品所能带来的新增享受也会下降。

　　打个比方，当你很饿的时候，走到肯德基连锁店要了一个汉堡套餐，你吃得很享受，这个时候，你想起口袋里还有一张套餐免费券今天就要过期，于是你吃了第二个套餐，这回的感觉可不那么美妙了。

享受如此，痛苦的事情也是如此，比如你有两颗蛀牙要拔掉，你知道拔牙是件很痛苦的事情，如果医生允许的话你一定会选择一次拔掉两颗蛀牙，这样痛苦一定小于去拔两次牙痛苦的总和。

同样的道理，买单是件痛苦的事情，但是假如你为自己和其他四个伙伴买单，这样的痛苦并不让你感到单独买单五倍的痛苦。事实上，这样的痛苦要小得多。

痛苦是一次的，而快乐可是多次的。在其他四次的聚餐中，你会很愉悦地享受免费午餐，这种分开的快乐总和，则大大高于你一次付款的痛苦。

如果选用 AA 制付款，那么每次付款的痛苦总和会大大高于一次付款的痛苦。

不过，AA 制付款可能还会有这样一个问题。因为人们需要平摊餐费，所以可能会占别人的便宜，点自己平时舍不得点的价格昂贵的菜。

美国加州大学经济学教授圣迭戈分校经济学家尤里·格尼茨等人曾在以色列海法市的一家高档餐厅做过一个实验，他们把用餐者分为不同的小组，每组 6 人，并记下他们对于不同支付方案的反应。有些小组是免费用餐，他们点了一大堆食物。有些小组是各人支付自己的账单，他们点餐时很节省。

还有些小组的付费方式处于两种方式之间，即平摊餐费。正如经济学家所预料的那样，他们会占其他用餐者的便宜。不过值得强调的是，这个实验中的受试者彼此是陌生人，并非朋友。他们不太会因为搭便车感到尴尬，人们对待朋友显然会更慷慨一些。

另外，轮流请客还会带来一种强烈的集体愉悦感，当我们在支付整个账单的时候，伙伴们会感到很高兴，这种集体的愉快感，也会大大降低我们支付账单的痛苦，同时还会在这种聚餐中增进了彼此的友谊。

第八辑

充满矛盾的内心戏

幸福：有钱为什么买不到幸福

假如你名列美国"福布斯400"成员，拥有豪宅、跑车、名厨、健身教练、游艇和私人飞机。而另一个人则是在肯尼亚或坦桑尼亚干旱的平原上，依靠游牧业生活的马斯族牧民，住着干牛粪堆起来的窝棚、吃着牛血掺牛奶。你认为你们谁的幸福感更强？

这似乎是一个闭着眼睛都能回答的问题。

多年以来，心理学家们在全球各地使用了一个标准化问题："综合各方面因素，你有何感受？是非常幸福、比较幸福还是根本不幸福？"答案为1（代表"一点也不快乐"）到7（代表"极其快乐"）。按照这个评分原则，马斯族牧民居然能得到5.7的平均分。而生活在严寒荒芜的格陵兰北部的因纽特人，平均分也达到了5.8。但作为"福布斯400"的成员，那些位列美国"富人名单"中的豪门，在类似测试中的得分居然也是5.8。

也就是说，净资产达到1.25亿美元的美国顶级富豪，和非洲平原的马斯族牧民或者冰天雪地中的因纽特人的幸福感没有多大区别。

经济学家很早就知道，幸福感是来自和周围人的比较，并不是金钱的绝对值。有人调查了一组哈佛大学的学生，问他们倾向于以下哪种选择。一个是年收入5万美元，而其他人的平均收入是2.5万美元；另一个则是年收入10万美元，而其他人的平均年收入是12.5万美元。

这些高智商的大学生们多数选择了第一项，他们宁愿自己的绝对收入减半，也要爬上社会金字塔顶端。并不是只有那些野心勃勃的哈佛学生才会作出这个选择，我们几乎无一例外地追求高人一等的感觉。

《这个世界幸福吗》作者卡洛·格雷厄姆说：有两个穷人，一个来自智利，一个来自洪都拉斯，你认为谁更幸福？逻辑会告诉你来自智利的。智利是一个现代的发达国家。智利穷人赚的钱可能是洪都拉斯穷人的两倍，这就意味着他们可以住在更漂亮的房子里，食用更好的食物，还能买更舒服的生活用品。

但如果你比较一下两个国家穷人的幸福指数，你会发现洪都拉斯人比智利人幸福。为什么？因为洪都拉斯人在意的只是其他的洪都拉斯人。

格雷厄姆指出，"因为幸福感与国家的平均收入水平无关，但是与距离平均收入水平还有多少有关。洪都拉斯的穷人之所以感觉比较幸福，是因为他们的收入与平均收入的差距更小"。在洪都拉斯，穷人的财富更接近中产阶级的财富，智利的情况则恰恰相反，因此洪都拉斯的穷人会觉得比较幸福。

数百万的海外移民认为，富裕国家的人们通常比贫穷国家的人民更幸福。因此，即便是富裕国家在边境修建起了高高的围墙，他们还是想方设法去移民。然而，最新的发现显示了截然相反的结论，即移民到更富有、幸福度更高的国家却感到沮丧。同样类似的调查也显示，迁移至城市的农民更加富有了，但是对自己的收入比以前在农村时更加感到沮丧。

那么那些"福布斯400"的成员呢？他们的财富可远远超过平均数，为何幸福指数并没有大幅度超前呢？这其中的一个原因是有钱人比较的对象总是有钱人，"福布斯400"比较的可能就是"福布斯200"或者"福布斯100"。

另一个原因则是金钱不能换来幸福，而是一旦你有了能够达到基本需求的金钱之后，额外的金钱所能带来的幸福，就不会如你想象的那么多了。1974年，理查德·伊斯特林发现，越过一个相对较低的阈值，更多的金钱不会使你更快乐。然而我们总是以为金钱能买到一切，包括年轻、自尊、友谊和爱情。但事实并非如此，因此烦恼也随之而来。

美国作家雷蒙德·钱德勒在《漫长的告别》中写道："俗话有不少是胡说八道。俗话说有钱人永远能保护自己，他们的世界永远是灿烂的夏天。我跟他们生活过，他们其实是烦得要死又寂寞的人。"

懊悔：取决于想象的空间

我住的小区班车很少，错过一辆常常要等上半天，尽管我已经习惯这种状况，但是仍有一种情形会让我感到懊悔，那就是眼瞅着前一辆班车从眼前开走而没能赶上。那时我会想：要是早出门几分钟就好了；刚刚没停下来买矿泉水就好了……

同样的事情有很多，比如我们晚了半小时赶到长途车站，汽车开走了，这让我们有点失望，但是当你在候车处打听到，那班车晚点了二十几分钟刚刚才开走，你则会感到十分懊悔：要是出租车没走这条堵车的路就好了；要是会议早结束十分钟就好了……

行为经济学的两位开拓者丹尼尔·卡尼曼和阿莫斯·特沃斯基关于懊悔做过这样一个实验。他们让被试者想象这样一个场景：你买了一张彩票，大奖是一大笔钱，彩票是你随机抽取的。接下来结果揭晓，赢得大奖的彩票号码是107359。

被试者分成两组，一组被告知手中的号码是207359，另一组被告知是618379。他们被要求用数字1～20来评定自己的不开心指数。相比较而言，前面一组被试者反馈的不开心指数要高于第二组。这也印证了丹尼尔和阿莫斯的猜测——中奖彩票的号码与被试者手中的号码差距越大，被试者产生的懊悔心理就越小。

"当人们手中的号码与中奖号码近似时，他们会毫无道理地认为自己差一点就中大奖了。"丹尼尔说："总体看来，人们从同一事件中感受到的痛苦有极大的差异，这种差异取决于人们是否能轻易地展开与事实相反的想象"。

当你在一家超市的收款台前排队结账，轮到你付款的时候，收银员告诉你："您真幸运，您是本店第 10 万名顾客，可以获得2000 元奖金。"再假设另一种情形：你在另一家超市的收款台前排队结账，排在你前面的那个人正好是该店第 100 万名顾客，他获得了 2 万元奖金，而你因为排在那个人后面，也获得了 3000 元的奖金。试想一下，哪种情形你会比较开心？答案当然是前者，因为后者你会展开联想：要是自己早一步排队就好了……

当我们在重要的比赛中获得铜牌，我们会为自己站在领奖台而感到高兴，但是如果获得的是银牌，则可能感到无比懊悔，我们此刻会展开各种想象——要是刚才的发球没有出界就好了；要是最后一个赛点把握住就好了……

美国喜剧《宋飞传》里有这样一段台词："如果我是个奥运选手……得到铜牌，我会庆幸，至少我赢得了奖牌。银牌是什么？银牌意味着'恭喜你，你差点就赢得一切了'。或者银牌意味着，在所有的失败者当中，你排名第一，你是头号失败者。"荷兰学者阿德里安·卡尔维发现：银牌选手往往会受困于"如果……如果"这样的想象中，这对他们的精神状态、生活质量以及身体健康形成了诸多困扰。卡尔维把这项研究发表在了荷兰《经济学和人类生物学》期刊中。

美国超级百万彩票在 2018 年 10 月开出了 16 亿美元的惊天巨奖，买到中大奖彩票的概率为三亿分之一，相当于被雷劈中 2 万次，而没有买到中奖彩票的概率则几乎为百分之百。然而我们的思维极易将概率因素隔绝在外，喜欢把数字接近的彩票和中奖彩票混为一谈。

丹尼尔和阿莫斯后来创建了"后悔理论"，这个理论揭示了后悔与"靠近程度"的密切关系：越是靠近目标，你就越有可能在达不到目标时感到后悔。当和目标接近时，人们总忍不住会展开想象，想象的内容越丰富越确切，人们则的懊悔程度就会越深。

运气：滚雪球式的"运气动力学"

当今最重要的钢琴比赛之一是比利时的伊丽莎白女王音乐大赛，经济学家维克托·金斯伯格和珍·范奥尔斯观察了11届比赛后发现，比赛前三名演奏者日后均能成为成功的职业音乐家，而其他参赛者不到一半能找到与音乐有关的工作。

这个结论也许你并不感到意外，但是接下来他们的发现就大出你的意料了：获得前三位的名次同随机决定的参赛次序密切相关。

在伊丽莎白女王大赛中，参赛者高手如云，实力相当接近，彼此间优势几乎很难察觉。这时参赛次序就起到相当重要的作用，比如最先和最后出场的选手总能给评委留下深刻印象。偶然排列的次序居然有助于你赢得大赛的胜利，而大赛优胜者所带来的名气会让你顺风顺水，你的机会更多也更自信，慢慢地你最终走上职业音乐家的成功道路……仅仅一个微小的参赛次序，让两个水平相近的音乐人命运出现了完全不同的走向，一个成为殿堂中的知名音乐家，另一个可能一辈子默默无闻地在酒吧弹唱。

运气这东西看不见摸不着，但它并非无迹可寻。很多运气只是开始的一点点微小的差距，但是不管出于何种原因，只要你拥有强于竞争对手的优势，即使该优势极其微弱，随着时间的推移，它也会像滚雪球一样演变成巨大的优势，这就是社会学家所说的"累积优势"。

20 世纪 80 年代，加拿大心理学家罗杰·巴恩斯利在观看一场曲棍球比赛间隙，无意间翻看球员名单和信息，他发现大部分球员都出生在 1 月、2 月和 3 月。

巴恩斯利觉得这种现象难以置信，他收集了更多职业曲棍球运动员的出生日期，结果他发现了同样的规律。在安大略曲棍球联赛中，1 月份出生的球员人数几乎是年末 12 月份出生球员人数的 5.5 倍。

事实上，一年中的前三个月并没什么特别的魔力，这种现象也与占星术无关，其中道理其实很简单。在加拿大，曲棍球联赛法定的注册时间是 1 月 1 日达到九周岁的孩子，这意味着，1 月、2 月和 3 月出生的小球员比其他月份出生的球员大几个月，最大的差距可以达到 12 个月，而这个差距在发育的青春期不能忽视。

一个比其他人大几个月的小球员开始只有微小的优势，体力上、反应上强那么一点点。但他在球队会更多地受到教练的青睐，拥有更多的上场比赛机会。起初，他的优势或许并不明显，但只要他是一块好料子，通过良好的培训和有针对性的练习，这些不断积累的运气将使他更有可能走进顶尖的联赛。

普林斯顿大学的马修·萨尔加尼克和哥伦比亚大学的邓肯·沃茨在 2005 年做过一个实验，12207 名来自网络的实验参与者拿到了一张有48首歌曲的歌单，他们让每个参与者在听完这个系列歌曲后给这些歌打分。

研究结果显示，当参与者不知道其他人在听什么时，研究人员在"最好听的歌曲"中发现了各种各样的歌；然而，一旦他们拿到的歌单是按照下载热门度排列的，不管这首歌是否真的热门，他们都会纷纷效仿增加这首歌的后续热门度。

邓肯·沃茨总结说，如果某个事物在一个恰当的节点上，比另一个事物人气稍微高出一点，那它将变得更具人气，这让原本实力相当的竞争对手之间产生巨大的差异。

畅销书《爆款》的作者埃尔伯斯说，娱乐产业的最终成功极易受到早期用户的决定影响，每一条好评和积极的传闻都会为某一电影或歌曲创造细微的优势，随着追随早期用户购买产品的人逐渐增多，这种优势会在很大程度上被放大。

在这个世界上，有才华的人多如过江之鲫，才华固然是你的基本盘，金子确实会发光，但除去才华，运气也可能决定你的成败。当你对滚雪球般的"运气动力学"有所了解后，就不会认为运气完全是从天而降的东西，只要你坚持不懈，在每一个微小的地方领先对手一小步，假以时日，这些微弱的优势会变得越来越大，最终让你势不可当。

情绪："佛系青年"的失败人生

20世纪70年代中期，35岁的商人艾利奥特事业成功，然而很不幸，他不断感到头疼以至于无法集中注意力。当他去了医院检查后，发现一个如小橙子大小的脑肿瘤从下方压迫他的额叶。

去除肿瘤的手术非常成功，尽管手术过程中连带去除了一些健康的额叶组织，但艾利奥特的智力、运动技能和使用语言的能力都没有受到损害。可是接下来，艾利奥特的事业急转而下，在遭遇多次挫折后，他的妻子也离开了他，他再婚后又快速离婚。

神经学家安东尼奥·达马西奥在艾奥瓦大学遇到他时，这位昔日的成功人士正在试图恢复他的残疾人福利。福利之所以被取消，是因为所有医生都认为他的自理、精神和身体运动能力都完好无损，显然，他不过是在"装病"。

达马西奥深入检查了艾利奥特的病情，发现他的心理和个性测试也一切如常，可以说，眼前这个病人是个风趣、讨人喜欢和健谈的人。不过达马西奥还是发现了不同寻常之处：病人的情绪总是很稳定，从不悲伤，不生气，不恐惧，也不焦虑，也没有不耐烦。

也就是说，这个年轻的商人成了地地道道的"佛系青年"，不悲不喜，不憎不恨。那为何这种超然的态度会导致失败的人生？

艾利奥特一连串失败的原因正是在于这种没有波动的情绪。情绪是我们从环境和过去中学习的提高效率的工具，拥有情感的我们是比没有情感的人更有效率的学习者。比如在我们学生时代，如果因为成绩差感到羞愧，我们就会拼命学习。如果嫉妒同桌的成绩，我们会暗地里用功。

从神经学的角度来看，情绪有助于形成内部的奖惩制度，使大脑能够选择有利的行为。从经济学的角度来看，情绪有助于为我们提供一种基本货币的价值标准，从而对可能的各种选择进行成本效益分析。

拿艾利奥特来说，当他没有恐惧感时，他就不能迅速回避风险。假如艾利奥特的一个决策导致了他的损失，当他再次遇到相同的情境时，他可能再次重复错误。

没有"情绪"并不能让我们变得更理性，因为情绪是导致我们对待日常事务和决策的主要反馈机制，喜爱、厌恶、同情、嫉妒、愤怒、焦虑、喜悦、悲伤和尴尬都在告诉我们一些关于我们环境的事情，并且还告诉我们该如何改变我们的行为。

我们总是错误地认为那些商业高手没有"情绪"，事实上他们往往拥有更强烈的情绪，他们更有野心更容易报复对手，只是他们会隐藏好情绪不外露罢了。英国《经济学人》杂志说："在中国和日本，商业谈判过程中对手好像睡着了并不鲜见，但微闭双眼很可能是一种专注的标志。"《经济学人》告诫说，你千万别被眼前的表象所欺骗了。

热恋：恋爱中的大学生

　　不知道你在大学里是否有过冷眼评价那些学生情侣："他们俩根本不相配，不知道怎么会走到一起""我敢打赌，他们两人一毕业肯定马上会分手，也许还挨不到毕业呢"……

　　但是假如你也是恋人中的一个，并且此刻正爱得神魂颠倒，感觉幸福至极。你是怎么评价自己的恋情的呢？这个时候，你肯定会坚定地说："我们的爱情最特别。"你想当然地觉得你们的爱情一定经受得住时间的考验。

　　加拿大两位心理学家塔拉·麦克唐纳和迈克·罗斯发现，当信息与他们希望看到的不符时，学生们会拒绝接受客观数据。在他们的研究中，麦克唐纳和罗斯与正处于一生中最令人激动时期的大学生进行了交流，话题就是大学新生刚刚坠入情网时期的心理。

　　研究者让大学生们对他们浪漫关系的质量作出评价，评价的内容无所不包，从信任到忠诚，从沟通到总体满意度等等。之后，他们问每位学生：你认为，两个月以后你还会和你的恋爱伴侣在一起吗？6个月以后呢？1年以后呢？5年以后呢？你认为你们会结婚吗？你认为你们会终生厮守吗？

是的，我们会，他们坚定地回答道。

我们都曾有过同样的经历：爱得神魂颠倒，感觉幸福至极。当然，学生们对自己浪漫关系的未来也会表示乐观。但是，调查并不止于此，研究者征得学生们的同意，找到了每位学生的室友和家人，并问他们：他们认为这名学生的浪漫关系质量如何，这种浪漫关系可以持续多久。这些人都是从外部来观察这名学生的浪漫关系的，他们没有恋爱者那种极其乐观的心理。的确，总体而言，学生们对自己浪漫关系的未来，都比他们的室友更为乐观。而乐观程度最低的，是学生们的父母。

一个学期的大学生活过去了——课程学完了，约会也有过了，架也吵过了。6个月以后，当麦克唐纳和罗斯再次拜访学生们的时候，61%的人依然还保持着原来的浪漫关系。又过了6个月，也就是最初访谈的一年以后，依然与同一个伴侣保持着浪漫关系的学生比例下降到了48%。

当他们分析这些结果的时候，麦克唐纳和罗斯发现，明智的室友和爱管闲事的学生父母，在某种程度上确实比学生本人的判断更准确。就预测一个浪漫关系的寿命而言，室友和父母远比学生本人更出色。

但是，令人惊奇的是，麦克唐纳和罗斯发现，即使学生们预测自己的浪漫关系将会长久时，他们也认为，浪漫关系的问题会出在金钱上。学生们对那些已经让浪漫关系变得紧张的事情并非看不见，不过，当他们预测未来时，对那些事情就是视而不见。无论学生是否看到了早期警示信号，他们都过高估计了他们浪漫关系的寿命。

贫穷：真的会限制想象

你是否有过这样的经历：孩子的培训费马上要交了，快到期的房子按揭贷款还没还上，突然老家打来电话，说老父亲生病住院急需一笔钱……这个时候，你的大脑一片空白，像是打开多个程序的老式电脑，一下子死机了。

当我们处于金钱匮乏时，我们的大脑会发生一系列的变化，更准确地说，贫穷会限制我们的思维方式。

每年收获前的日子，对印度泰米尔纳德邦的甘蔗种植户来说，都是青黄不接的季节，这个时候，他们通常别无选择，只得借贷或典当物品来支付账单。在 2004 年，又是在这个最艰难的时候，一群由哈佛大学心理学家赛德希尔·穆莱纳森等人组成的研究团队来到这里实地调查，他们给 464 名蔗农做了智商测试，几个月后，当这些蔗农收获了甘蔗并拿到了钱后，研究团队又让蔗农做了一次智商测试。

这些蔗农的日常生活以及饮食习惯在这几个月中都毫无变化，

唯一变化的就是对金钱的担忧。研究人员发现蔗农们对金钱的担忧会影响他们的智商，这些蔗农在收获前因为资金紧张，其智商测试结果会比收获后低十几分，这就足够将他们的智商归到另一类，从智商正常变成傻子。

这种变化不单单发生在印度的蔗农身上，这些研究人员在美国新泽西一家购物中心访问 400 名购物者，并把他们置于几种可能遇到的财务问题场景，如支付汽车修理费。实验发现，当修理费较低时，也就是 150 美元时，无论是月入 3 千美元或是月入 5 万美元的家庭，在一项称为"瑞文推理能力测试"中，也就是测试逻辑思维能力和解决问题的能力，所有人在测试中都表现得很好。

可是，当得知修理费高达 1500 美元时，收入较高的参与者得分没有变化，而那些低收入的实验者在测试中的表现就比原先差一大截。要知道，这并不是真实的账单，而是假想的账单，即使没有真实的花费，对金钱的担忧对人们的认知能力影响依然很大。

对这些结果，心理学家穆莱纳森这样解释说：对金钱担忧的人，大脑中很少有空间去关注其他事物。稀缺会抓住大脑，令人们的视野变得狭隘，降低我们的洞察力和想象力，使人缺乏前瞻性。注重长远利益的决定需要认知资源，而贫穷会减少我们可以利用的认知资源。

这些研究人员的研究表明，对金钱的焦虑会导致智力的显著下降，这就像一个人被迫一晚上不睡觉，第二天很难正常思考。在穆莱纳森等人的研究中，缺钱对思维的影响和整晚不睡的影响有 80% 是相同的。

英国作家乔治·奥威尔在 19 世纪 20 年代曾亲身经历过贫穷，

他对贫穷有深刻的认识。奥威尔在《巴黎伦敦落魄记》中记叙了他混迹于流浪汉中间，在巴黎的餐厅后厨当小工的经历。他在书中写道："贫穷的本质，就是摧毁未来。"人在穷困的时候，既看不到未来，也想象不出未来。

当人们察觉到缺乏某种东西时，他们的行为就会发生变化，无论缺的这个"东西"是时间、金钱还是食物。你越为钱发愁担忧，越不能作出摆脱贫穷的正确决定。过去人们经常把贫穷归咎于个人或环境的原因，事实上，贫穷损害了人的认知功能，限制了对未来的想象力，这会影响一个人作出合理决策的能力，并发展成为持续贫困。

祈祷：对健康有帮助吗

1872 年，英国科学家弗朗西斯·高尔顿爵士针对祈祷是否有效力提出，他可以比较由于骨折和截肢住院的两个群体的恢复情况，一组包含明显非常虔诚、能够收到其他人好心帮助的个体，另一组包含明显冷淡、被人忽略的个体。

高尔顿后来并没有开展这项研究，但他报告了另一项研究：著名英国教士和英国王室成员的寿命，很显然，这些人每个星期日都会接收到来自全英格兰各种教堂的祈祷和祝福。经过计算，高尔顿发现，教士的预期寿命为 66.4 岁，略低于医生 67.0 岁和律师 66.5 岁，王室成员是接受祈祷最多的人，他们的预期寿命只有 64.0 岁，明显低于其他贵族的 67.3 岁，也就是说，祈祷要是能够产生影响的话，那么它似乎弊大于利。

不过，高尔顿的这个比较并不是真正具有科学性的比较，这些群体之间可能存在系统性偏差，比如医生可能更加关心自己的健康，有更好的保健习惯以及更合适的治疗方法，而王室，可能存在某种基因上的疾病（比如哈布斯堡家族遗传病）。

科学的比较应该是随机和双盲的，也就是患者和医生都不知道谁在接受祈祷，如果医生知道谁在接受祈祷，这可能会影响他们对病人恢复情况的客观评估。

20世纪90年代，一名年轻的医生伊丽莎白·塔格开展了祈祷是否可以治愈艾滋病的研究，20名艾滋病晚期患者被随机分配到两组，其中10名患者可以从距离他们平均1500英里的所谓治疗者那里获得祈祷。这项为期6个月的研究采用了双盲形式，无论是患者还是医生都不知道哪些患者获得了祈祷，最终，20名患者中有4名去世，但是没有一名属于祈祷组。

这个结果让塔格备受激励，于是她又开展了一系列研究，结果发现祈祷组的患者住院时间更短，并发症的发病率更低，这些结果具有统计学的重要性，因此被发表在一份著名的医学杂志上。

不久以后，塔格自己被诊断出患有脑癌，尽管全世界都在为她祈祷，然而很不幸，她还是在4个月后去世了。

在塔格去世后，人们发现她的实验存在诸多问题，比如在机缘巧合的情况下，她最初进行的实验将最年长的4位患者放在了无祈祷组，这4位患者最后都去世了，但仅仅是因为他们的年纪太大了，与是否得到祈祷并没有多大关系，这个例子也充分暴露了小型实验的弱点。

在塔格去世后，美国国立卫生研究院继续了相关的研究，但是并没有在死亡率、相关疾病或者症状的发病率等方面发现祈祷组与非祈祷组之间存在显著差别。此后，哈佛医学院又主持了一项更大型的研究，受试对象为1800名冠状动脉旁路移植手术后逐渐恢复的患者。这些患者被随机分配到3组中，第一组被确切告知他们将要得到远程祈祷，并且事实上他们的确得到远程祈祷；第二组患者被告知他们可能会得到远程祈祷，而事实上也确实得到了远程祈祷；第三组被告知他们可能会得到远程祈祷，但事实上并没有。

在明尼苏达州、麻省及密苏里州的三所教堂，祈祷者被安排为他们祈祷，他们并不认识病人，也不会去探访病人，祈祷者只是获知病人姓名，好让祈祷时有个对象。

美国心脏学刊《American Heart Journal》刊出了这项研究的结果：祈祷组和非祈祷组之间并没有出现结果上的差异，也就是说，祈祷并不管用。然而最奇怪的是，被明确告知将得到祈祷的第一组，反而更容易患上并发症，也许是在知道有人为自己祈祷时，病患想"有所表现"，结果反而造成更大的心理压力。

好奇心：填满知识的缺口

如果你留心一下自媒体的标题党们，会发现他们所用的标题经常会出现这样的句子："99%的人都不知道……""想提升……看这一篇就够了"，"这种东西你每天在吃，可能会把你杀死"，"有这些习惯活该拿不到高薪……"

这些标题虽然让人讨厌，但是阅读量却往往很高，这到底是什么原因？

日本有一档节目，每次都是一场你意想不到的对决，比如一家公司声称自己生产的是世界上最坚硬的金属，而另一家公司则声称自己生产的钻头能钻透任何金属，那么最强的钻头对最坚硬的金属，结果会如何呢？这一系列吸引人的矛盾带来了高收视率。

美国卡内基梅隆大学的行为经济学家乔治·洛温施坦提出了一个"缺口理论"。他说，当我们感觉自己的知识出现缺口时，好奇心就产生了。

洛温施坦的观点是知识缺口导致痛苦。当我们想知道一些事却无法实现的时候，就会觉得身上像长了很痒的疮，不得不抓。要想消除这种痛苦，我们就得把知识缺口填满。就算看那些糟糕的电影是一种痛苦，我们还是耐心地坐下把它们看完，因为看不到故事的结局实在让人太郁闷了。

在《红楼梦》中，刘姥姥为讨贾府的哥儿姐儿高兴，便随口编了一个故事："就象去年冬天，接连下了几天雪，地下压了三四尺深。我那日起的早，还没出屋门，只听外头柴草响。我想着必定是有人偷柴草来了。我爬着窗户眼一瞧，却不是我们村庄上的人……原来是一个十七八岁的极标致的一个小姑娘，梳着溜油光的头，穿着大红袄儿，白绫裙子。"

刘姥姥并没有把这个故事讲完，这就留下了一个缺口，于是宝玉好奇心大起，不停地问刘姥姥："那女孩儿大雪地里做什么抽柴火？倘或冻出病来呢？"……宝玉心中只惦记抽柴的事……一时散了，背地里宝玉到底拉了刘姥姥，细问那女孩儿是谁？

缺口理论的一个重要要求是在关闭缺口前必须先把它们打开。我们的最终目的是告诉人们事实，但我们首先必须让人们意识到他们需要这些事实。正如洛温施坦所说，说服人们让他们觉得自己需要我们的信息有一个窍门，就是先强调一些他们缺乏的专业知识。我们可以利用他们知识中的缺口提出问题或疑惑，我们可以提出其他人知道一些而他们不知道的事，我们可以向他们展现他们不知道怎么应付的情境。

刘姥姥虽是个村野农妇，却生来的有些见识，况且年纪老了，世情上经历过更多，于是她可以用一些深宅大院内的公子哥儿不知道的知识来戏弄他们。用这个耸人听闻的故事来打开宝玉知识上的一个缺口（这个书本上可没有），激起了宝玉的好奇心。

洛温施坦问道："如果人们喜欢好奇心，他们为什么还会千方百计地想解决掉它呢？他们为什么不在看最后一章前把侦探小说放一放，或者在一场势均力敌的球赛的最后精彩时刻把电视机关了呢？"他的答案是重要的知识缺口会让人很痛苦。

因此知识缺口并不一定是坏事，它能激起人们学习的欲望。

美国心理学家南希·劳里和戴维·约翰逊曾做过一个实验，他们让学生对一个论题进行互动讨论。他们对其中一个组的讨论进行引导，鼓励他们与标准答案达成一致；而在另一个组，他们设计出不一样的讨论，让学生提出与正确答案不同的见解。

一下子就同意标准答案的学生对这个主题的兴趣不如其他学生来得强烈，相比而言，他们去图书馆查找资料的可能性也较小。老师们在课间播放了一个关于讨论主题的特别短片，这时最明显的区别才被揭示出来。表示同意的学生讨论组中只有18%留下来关注这个短片，而在不同意标准答案的学生讨论组中，有45%留了下来。他们渴望填补知识的缺口——找出谁才是正确的。

缺口理论还有一个有趣的地方：知识越丰富的人缺口越多，好奇心也更强烈。在我们生活中，那些知识渊博的人常常会对普通的事物也表现出很强的好奇心，而那些知识贫乏的人，则习惯于一副见怪不怪的样子。对此，洛温施坦解释说：在积累信息的过程中，我们的注意力会越来越集中在不知道的东西上。一个人如果能说得出美国50个州中17个州的州府，他可能会为自己的知识感到自豪，而一个能说得出47个州府的人却更有可能觉得不满足，因为他还不知道剩下的那3个。

公平：百万大奖和猴子的葡萄

在法国有一档有奖答题节目叫《谁想成为百万富翁》。这档电视节目的规则是这样的：参赛者每答对一个问题就会获得相应的奖金，然后进入下一个问题，最高为100万欧元大奖。问题的难度会随着比赛奖金数额的增加越来越大，如果参赛者遇到了麻烦，他们可以使用下面三种求助方式中的一种：给一位朋友打电话寻求帮助；去除一个错误答案；让现场观众投票选择。

一个名叫亨利的选手从几千个报名者中有幸被选中。最初几个问题，亨利回答得非常圆满，接着主持人问了一道送分题："围绕地球转动的是什么星球？"备选答案分别是月球、太阳、火星、金星。

亨利全神贯注地盯着那些答案，他咬紧了嘴唇，额头冒汗。看到亨利惊慌失措，主持人说："别着急，如果你碰上了麻烦，可以使用求助的方式。"亨利决定启用"让现场观众投票选择"的求助方式。很快，观众的答案揭晓了，42%的观众的答案是"月球"，

56%的观众的答案则是"太阳"。

亨利依据观众提示选择了"太阳"而输了比赛,可这究竟是怎么回事呢?是现场的观众恶作剧还是法国人缺乏基本常识?

回答这个问题前,我们来讲一个实验。1994年诺贝尔经济学奖得主莱茵哈德·泽尔腾做了一个称为"最后通牒博弈"的实验,在该实验中,两名参与者需在彼此间分一笔钱,假设为100美元,划分规则如下:第一名参与者从100美元中分一部分给第二名参与者(从一分不给到100美元全部让出,他可以自由选择)。如果第二名参与者接受了这笔钱,这100美元即按这一分法分给双方,如果这一分法遭到拒绝,实验人员即收回这100美元,双方空手而归。第一名选手提出的分法相当于"毫无还价余地"的最后通牒,该博弈的名字即由此而来。

这个实验在德国进行时,有众多的参与者,实验表明在多数情况下,钱是双方之间是五五分的。另外,第一名参与者分出的份额若不超过35%,多数都会被应答者拒绝。换言之,只要能让提议者自己拿65美元的贪心落空,应答者往往宁可放弃白拿35美元的机会。

这个实验后来在全世界各地进行,从美国到亚马逊河地区的马奇根加,从以色列到中国和日本,所有的参与者都表现出强烈的公平意愿,尽管文化不同,但对明显不公平的分配方法都会一口拒绝。

现代的脑神经科学家通过功能性磁共振成像仪对人脑测试发现,遇到份额过低的提议,与厌恶感和呕吐反射有关的大脑区域会出现强烈活动。这种机制保护了我们免于被盘剥,在遇到有失颜面的提议，或者明显不公平的待遇和事件时，我们的大脑会产生厌恶感。

《谁想成为百万富翁》节目中，观众的大脑同样产生了厌恶感。连基本天文学知识都不知道的亨利，真的有资格得到100万欧元吗？那些法国观众故意选择了错误的答案。因为如果亨利连这么简单的一个问题都回答不出来，那么，帮助他留在这个节目中就是不公平的。

不单是人类，连动物都在乎公平。美国埃默里大学的科学家进行了一项试验，研究者用黄瓜片作为奖励，成功地教会卷尾猴交给实验者一块石头。但是，一旦这些猴子注意到旁边笼子里的另一只猴子在完成相同的任务之后，得到的是更加可口的葡萄，而不是乏味的黄瓜，它们便会愤怒地罢工了。

公平在我们生活中是如此重要，以至于成为人们的行为准则。2008年年底，底特律汽车制造三巨头的老板跑到华盛顿特区，请求乔治·布什政府提供一笔可观的救援基金，好让他们资金短缺的公司起死回生。为了让这次申述之旅成行，通用汽车、克莱斯勒和福特的老板分别乘坐了公司专机赶往华盛顿。

这件事却引起了公众强烈的不满，大亨们希望拿到纳税人的钱救助自己的企业，自己花钱却仍然大手大脚，这让公众觉得不公平。尽管三位老板在之后的会面中开始小心翼翼地乘坐环保型汽车，但这已经于事无补，面对民众的愤怒，政府拒绝了他们的请求，2009年6月通用和克莱斯勒双双被迫寻求破产保护。

回忆：带有修饰功能的滤镜

朋友的外公外婆是对恩爱的老夫妻，平时几乎形影不离。她的外公不止一次自豪地对她说：我和你外婆这辈子没红过一次脸。

不过我朋友说，这不是真相，据她小时候亲眼所见，外公外婆平时拌嘴不说，激烈争吵就不下七八次，但这丝毫不影响他们眼下的幸福感。

心理学家罗伯特·斯腾伯格写过一本名为《爱情就是故事：亲密关系的新理论》的书，他认为，在成功的婚姻中，夫妻通常会创造可以分享的故事。他们围绕一系列共同的记忆创造了一个故事，并用这个故事来印证，他们互相关心对方，在乎婚姻内在的价值。

斯腾伯格列举了26种不同形式的爱情故事，他说，从本质上讲，婚姻的成功取决于双方的互相信任，以及如何通过复述故事来加强这种信任。

在这里，斯腾伯格用了"创造故事"这个词语，没错，这些故事可能并没有发生过，或者当时并非如此。

我们的记忆不仅存在于真实的回忆中，还可以经过加工和创造。正如王朔在小说《动物凶猛》中写道："我羡慕那些来自乡村的人，在他们的记忆里总有一个回味无穷的故乡，尽管这故乡其实可能是个贫困凋敝毫无诗意的僻壤，但只要他们乐意，便可以尽情地遐想自己丢失殆尽的某些东西，仍可靠地寄存在那个一无所知的故乡。"

记忆像一个带有修饰功能的滤镜，我们总是用眼前的景象塑造记忆中曾经的景象，只要眼下很快乐，你就会觉得从前也肯定是这么快乐的。记忆中曾给自己带来快乐的东西，其实并不那么完美无瑕，因为任何人都不喜欢承认错误，所以留在记忆中的过去总会被修饰得晶莹剔透，无比美丽。

即便有时我们不得不承认事实并不完美，但仍然会觉得总体并不差。如果你去问问身边那些六七十岁的老人，他们都有着异常艰苦的青年时代，然而他们对这段回忆却无不带有美好和浪漫的色彩。如果你去询问那些老股民，虽然几十年来亏损远远大于盈利，但那些亏钱的痛苦时刻大多记忆模糊，而赚钱的高光时刻却仿佛就在昨天。

在环加利福尼亚自行车大赛中，有新鲜的空气以及沿途的美景，也有让运动员们疲惫不堪的竞争、在瓢泼大雨中的艰难跋涉，以及酷热和疲劳的折磨。在整个比赛过程中，61%的选手认为途中至少有一个方面让他们感到失望。但是在一个月后，只有11%的人还记得当初的不悦。在人们回味过去时，痛苦和疲劳悄悄地消失了，记忆里永远是那一抹美丽的玫瑰色。

研究人员曾经对几十个不同年龄段的人进行了跟踪调查。在他们 30 岁左右时，只有 40% 的人认为自己的童年"基本还算快乐"。但是到了 60 岁时，有 57% 的人感觉自己的童年始终充满阳光。而在 70 岁再回忆童年时，则有 83% 的人认为童年是那么地令人心醉。

当有一天，你和自己的伴侣都已经老了，你们一起坐在火炉前回忆往事——你们年轻时曾经一起经历的那次旅行，那里有山谷中潺潺的溪水，芬芳的葡萄园以及浪漫的彩虹……然而事实的真相是，那次的旅行狼狈不堪，你们错过了末班车，还遗失了证件，山谷中饥饿的蚊子让你们发疯。一路上两人争吵不断，发誓回去以后就分手……

可是这又有什么关系呢？现在浪漫已经存在于你们的脑海中，那就是最真实的幸福。

第九辑

洞悉人性的营销游戏

铁锅：为动人的故事买单

假如你花了一千多块钱，买到了一口真正由铁匠师傅一锤一锤敲打出来的章丘铁锅，你会觉得这个钱花得很值。而一口相似的用机器敲打的铁锅只要一百多块钱，两者固然有些不同，可是在使用功能上差距并不特别明显。那为什么有人愿意多花十倍的钱，去为在使用上差距不太明显的商品买单。

事实上，在你花的这一千多块钱中，有很大一部分是在为章丘铁锅的故事买单。

美国经济学家丹·艾瑞里说：从关于决策的早期研究中，可以清楚地发现，我们并非是在各种事物中进行选择，而是在对它们的描述中进行选择，这里面涉及了语言对价值的转换魔力。

在纪录片《舌尖上的中国3》中，对章丘铁锅是这样描述的："三万六千锤，打少了不行啊，你要没这功夫它出不来这样的产品。你糊弄它，它就糊弄你，它不好看。十二道工序，十八遍火候，大大小小十几种铁锤工具，一千度高温冶炼，三万六千次的锻打，每一次的锻打，都是对铁最有力的历练。注入气力的同时，更赋予铁锅以生命……"

这无疑是段精彩的描述。很多时候，语言并没有改变产品本身，但是它却改变了我们与它之间的交互方式，也改变了我们对它的体验。电视画面和解说词拉近了我们和这口锅的关系，我们的眼前出现的不仅是口铁锅，而且还会出现纪录片中83岁的铁匠王立芳一锤一锤执着地敲打铁锅的画面，会想起匠人精神。于是，我们在使用这口铁锅时，又获得更多的东西。

语言给了我们一个生动的故事，我们看着一个个铁锤印记，这口锅在我们眼里就有了更高的价值，而我们在使用中的体验也会变得更好。于是，我们心甘情愿为语言和故事买单。

语言的另一功能是将我们的注意力吸引到一件产品的某些特定属性上。章丘铁锅的故事，让我们的关注点集中到了手工锻造这个点上，这样它就相对于其他机器锻造的铁锅有无法比拟的优势。语言有特殊的魔力，这种魔力经济学家又称为"框架效应"，同样的事情用不同的表述就会得出不同的结果。假定有两家相邻的餐厅，其中一家售卖"脱脂量80%的牛肉"汉堡，而隔壁那家也有相似的产品，而它的名头是"含脂量20%的牛肉"汉堡，两者的聚焦点不同，可想而知，我们更喜欢"不含脂"的汉堡，也愿意为它付更多的钱。

"有生命的器物创造着有生命的饮食。章丘铁锅三万六千次捶打，获得生命的它成为创造鲁菜传奇与荣耀的舞台……"这些漂亮的语言所描述的，不仅是我们即将消费的事物，还有它的生产过程，这会进一步增加它在我们眼里的价值，凭借着语言和画面，我们不仅沉浸在它的优点之中，还目睹它的诞生过程，在这个过程中，我们很容易产生"禀赋效应"，也就是一旦拥有某物就会高估它的价值，哪怕这种拥有仅仅是电视画面上虚拟的拥有。

另外，在我们所花的这一千多块钱中，还有一部分是在为公平买单。

丹·艾瑞里曾经做过一项研究，他们想知道人们愿意为恢复数据支付多少钱。结果显示，人们愿意为大量的数据恢复支付更多的钱，但是最让这些人敏感的是技术人员的工作时长。当人们发现技术人员只花了几分钟便完成数据恢复时，人们往往不大乐意付钱，但同样的数据量，若恢复工作持续一周以上，人们就会心甘情愿地支付更高的费用。

机器锻造几小时和人工锤打几天，即便两者的使用效果差别不大，但我们仍然乐意为人工制造支付高得多的钱，我们这时会把努力和价值混在一起思考，从根本上讲，我们更看重努力过程而不是结果，数万次的辛苦锤打让我们觉得支付高价更公平。

套餐:"巨无霸"里的秘密

有个朋友曾在英国诺丁汉留学，他说当地有家很出名的餐厅叫"玫瑰和皇冠"，之所以出名，是因为它有一个著名的"巨无霸"烧烤套餐，里面有8盎司（一盎司约等于28克）的西冷牛排、8盎司咸猪肉、3个猪肉香肠、3块鸡胸、两个鸡蛋、6个洋葱卷以及一堆烤番茄、豆子和大薯条。如果你能吃完，那么一切免费，如果你吃不完，则要支付60英镑。

朋友当然吃不下这个套餐，也不敢尝试，不过他希望我能讲讲其中的商业原理。

这种促销方式或许来自美国的"大得州牛排牧场"。在位于得克萨斯州的"大得州牛排牧场"有一块巨大的广告牌，上面写着："免费的72盎司牛排"（约有两公斤重）。这是该餐厅的招牌菜，内容包括色拉、基围虾、烤土豆、肉卷、黄油以及一块超大的72盎司的牛排。餐厅的要求是，如果你能在一小时内把这些全部吃完，那么可以免单走人，否则你得掏72美元为此买单。当然,你必须先预付 72 美元,如果你能吃完店家会全额退还,就餐者还必须签署一份弃权书,声明所有的健康风险由自己承担,撑死跟它可没关系。

当你点了这份 72 盎司的牛排后,其实你已经成为餐厅例行表演的人,你必须坐在特殊的舞台上,当着所有人的面吃,而且在就餐期间你不得离开桌子,你要是吃吐了,就算你还想继续吃,对不起,你已经没有资格了。

这项活动可谓历史悠久,从 1960 年以来,约有 6 万人接受了这项挑战,据餐厅报告说,有 8500 人全部吃完,整体成功率达到 14%。参加挑战的人可能觉得,72 盎司的牛排,即便没有吃完,每盎司牛排也就一美元,这实在也不算贵。并且挑战失败的顾客还可以把吃剩下的部分打包带回家。

"大得州牛排牧场"老板鲍勃·李发明的这个促销活动其中的原理,在经过十多年后,也就是 20 世纪 70 年代,才由行为经济学家得以系统论述,他就是日后获得诺贝尔经济学奖的丹尼尔·卡尼曼。

卡尼曼提出的"锚定效应",是指人们在对不太熟悉的事物进行评估之前,会受到最先呈现的数值信息(即初始锚)的影响,以初始锚为参照点进行调整和作出估计,由于调整得不充分,会使得其最后的估计结果过分拘泥于初始值,就像船抛锚后不会随波逐流一样。

鲍勃·李就是充分运用了"锚定效应",72 盎司牛排就是一个锚点,一来到大得州餐厅,每个人都会反反复复听人提到或亲眼看到"免费吃 72 盎司牛排"这件事。虽然绝大多数顾客不会点这道菜，但是它巧妙地提高了就餐者对自己食量的估计，它提高了顾客的支付意愿。

这种"锚定效应"常被用于商场促销。比如超市里对某种促销水果写着"每人限购10斤"，这就会比不限购的销量高出很多。在这里10斤的可购买量就会成为一个锚点，人们的决策就是围绕这一数量作出调整。再比如你去玉器店买手镯，店家常常会给出一个吓人的价格，这就是锚定你对这只手镯的初定价值的认知，即便你最后两三折的价格自以为很便宜地买下来，其实商家还是赚了一大笔。

在商业谈判中，首先提出一个价格也至关重要，因为最后即便不是以这个价格成交，可能也是围绕这个价格作出调整的结果。

还有一个很经典的商业故事，有两家相同的早点摊，一家的生意却总比另一家好，原来在卖煎饼的时候，一家摊主问"要不要加蛋"，而另一家摊主则会问"加一个鸡蛋还是两个"，因为加蛋的锚点不同，导致顾客最后的行为也不同。

"玫瑰和皇冠"餐厅的道理是一样的，当人们饥肠辘辘地赶到餐厅时，会高估自己的胃，会作出比较冲动的决策，这时巨量的烧烤套餐给顾客提供了一个锚点，即便顾客不会点这个招牌套餐，但潜意识已经受了影响，最后还是会比平时多点更多的食物。

砍价：如何平等地对待每个客户

电视剧《真心想让你幸福》中，男主宋大年去了一家奔驰车销售店上班。一个穿着圆领汗衫大裤衩的大爷走进店里来看车，他要求销售员小帅给他介绍一下车。小帅打量了一下这个老头，说了声大爷你随便看看吧，然后就去招呼别的客人。

大年看到这个情形，热情地上前招呼老人。他不但陪老人试车，在午饭的时候，他还留老人在店里吃饭。这让店里的经理感到不满，她让大年尽快打发走这个老头。

美国商业作家马尔科姆·格拉德威尔在他的著作《眨眼之间》中也讲述了一个汽车销售员的故事。

这个销售员名叫鲍勃·格罗姆，在十几年的销售生涯中，他的销售业绩达到了平均每月 20 辆，成为汽车销售界不折不扣的大师级人物。那么鲍勃销售汽车有什么诀窍呢？那就是真心、平等地对待每个顾客。

鲍勃说："干我们这一行，你可不能对人有先入之见，你必须对每个人都展现出自己最好的一面，新店员会打量顾客，然后说'这个人看上去买不起车吧'，这可是最大的忌讳。"

然而在现实生活中，人们很难做到宋大年或者鲍勃这样毫无偏见。

美国经济学家尤里·格尼茨和约翰·李斯特通过实验发现，在选购高端汽车的时候，比如宝马，对于同一辆车而言，黑人客户的成交价比白人客户平均高出大约 800 美元，并且在销售过程中，汽车销售员请黑人客户喝咖啡或试驾的次数较少。

两位经济学家认为，销售员之所以这么做，是因为他们认为白人比黑人更可能购买豪华车，所以他们愿意花更多的时间对白人客户献殷勤，说更多的恭维话，请对方喝咖啡等。销售员更愿意花时间和白人客户讨价还价，白人客户因此能拿到更低的价格。

《美国经济评论》上也发表过类似的研究论文，美国学者艾瑞斯和西格尔曼在芝加哥地区选了 36 个实验者，配成 18 对，每一对中有一个白人男子，另一个人则肤色不同或者性别不同。每一对中的两个人先后到同一个车行买同一款新车。同时这些人受教育程度类似，颜值相似（均为中等），而且衣着相似（休闲运动装）。实验前，研究者对所有的实验者还统一了讨价还价的策略，整个过程必须遵循事先设定的步骤。

实验的结果显示，白人男子不但得到推销员最低的报价，而且在讨价还价的过程中又砍掉了推销员 44.6% 的利润。白人女子得到的最初报价比白人男子高出 100 美元，但砍掉的价格和白人男子差不多。

黑人女子得到的最初报价比白人男子高 300 美元，砍下的价只有利润的 27%。黑人男子的结果最糟糕：得到的最初报价比白人男子高 900 美元，而砍下的价只有利润的 15%。

对不同种族、身份和性别的客户不同的待遇，这样的行为属于经济歧视，然而这些歧视行为，最终并不会给销售员带来更大的利润。鲍勃说："有时我的顾客会一边晃着手中的支票簿，一边对我说，'我今天是来买车的，如果价钱合适，我今天就付款。'但你知道吗？这种人十有八九是不会买车的。"

因此，鲍勃采取的策略是平等对待每一位顾客。因为他明白，单凭顾客的种族、性别和外貌就妄下定论是非常危险的，有时候，一位不修边幅身穿肮脏工装裤的农民，其实是一位拥有 4000 英亩农场的巨富，一个年轻的黑人男子，可能是从哈佛大学毕业的工商管理硕士……

鲍勃从不去分辨哪些是财神爷，而是对每位顾客开出一视同仁的价格。这样一来，他的汽车销售量节节攀升，有关他公平对待顾客的口碑也广为流传，老顾客不断给他带来新顾客。

同样，剧中销售员宋大年平等地对待每一个顾客也得到了回报，当这位老人吃完午饭后，他走到一款奔驰车边上张开手掌说了一句话，让大年惊住了。原来这个不起眼的大爷不但要买下这辆车，而且一次要买五辆。

糖果：巧克力工厂里的商业秘密

英国作家罗尔德·达尔的《查理和巧克力工厂》是一部脍炙人口的儿童文学，它还曾被拍成过电影。故事讲述了一名叫作查理的男孩生长在一个小镇里，这里有全世界最大的巧克力工厂，工厂由一名伟大的巧克力发明家制造商威利·旺卡所拥有。工厂非常神秘，大门紧锁，全镇子的人从来没有看见有人从大门进出过。有一天，查理和其他几个幸运的孩子抽中了参观工厂的金色奖券，来到这个已经15年没有人来过的古怪工厂……

那么威利·旺卡的巧克力工厂为何如此神秘？书中这样写道：

"听着，查理，不久以前啊，威利·旺卡先生的工厂还有几千名员工呢。结果有一天，就是那么突然之间，旺卡先生就不得已让他们每个人都走了，回家去，再也别来上班了。"

"可这是为什么呢？"查理问。

"因为有间谍。旺卡先生做的糖果那么好吃那么棒，很多做巧克力的人都越来越嫉妒他，就送间谍进去偷他的秘方，这些间谍先假装成普通工人的样子在旺卡工厂里找工作。进去工作以后，每个人都分别把某个特定的东西怎么做摸得一清二楚。"

关于这段情节可不是什么童话故事，这些都是在 20 世纪初的欧洲糖果制造业中真实发生的故事。

把商业秘密变成可靠而持续的财产，通常有两种方法，一种是把配方保密，这也是 1886 年药剂师约翰·彭伯顿对可口可乐的做法。还有一种就是申请专利保护，瓦特发明的新式蒸汽机就申请了专利。保密有时不可靠，比如 19 世纪 60 年代前，染料行业还主要依靠保密，可那之后的分析化学却发展到了能叫竞争对手找出染料制造方法的水平，于是它只好改为申请专利保护。

20 世纪初的糖果配方很难申请专利，这有点像餐馆的食谱，得不到法律的保护，只有靠餐馆和大厨的严格保密。各家糖果公司常常全盘复制竞争对手的产品，改个名字就上市了，因此，糖果公司只有通过严格保密才能保持自己的商业机密。

糖果公司和竞争对手于是便展开了一场扣人心弦的"间谍大战"。竞争对手会绞尽脑汁安插间谍来窥探机密，而糖果公司这边则会想尽办法揪出自己身边的"内奸"。糖果公司的配方也成为最高机密，只有最忠心耿耿、最受信赖的高层员工才有资格知道生产过程和配方的详情。

在糖果业，大公司的尔虞我诈、互相倾轧和窥探机密使得整个行业生态恶化，那些规模较小的家庭经营小店就无法生存，罗尔德·达尔从小就特别喜欢那些小巧温馨的糖果店，那些用五彩的蜡纸包裹的糖果给达尔带来了美好的梦想，因此他特别痛恨这种无底线的竞争。

在 20 世纪 20 年代，吉百利和朗特里是英格兰最大的两家巧克力制造商，两家公司经常试图窃取对方的商业机密。在达尔的学生时代，吉百利公司经常寄巧克力新产品到学校，换取学生对新产品的意见，达尔还当过这家公司的试吃员。这些工厂里面巨大而精密的机器以及对巧克力制作高度保密的做法，激起了达尔的好奇心，这也成为达尔写《查理和巧克力工厂》的灵感来源。

电视购物：让你心动的夸张赠品

如果你半夜睡不着打开电视，那些电视购物的广告可能让你更加睡不着。有些商品便宜到令你窒息，销售员声嘶力竭地喊着："你去全世界任何一个地方的专卖店都不会有低于 4000 元的价格，破盘价 399，表面有金噢，有没有，有没有，真钻，真金，而我们今天只要 399，399 你买不了吃亏，399 你买不了上当，赶快拿起电话订购吧……"

还有一种是狂送赠品的："另外，我们还送你一个价值千元的原厂充电器，一个价值 500 元的原厂商务电池，如果你现在打进电话我们还赠送你一个价值 300 元的 128G 的大容量记忆卡……"

假如我们追溯商业史，会发现这种疯狂赠送广告的源头在 1978 年。畅销书作家威廉·庞德斯通在他的著作《无价》中写道：1978 年，著名的广告人阿瑟·希夫接下了俄亥俄弗里蒙特生产的廉价刀具的电视广告设计。他给产品取了个亚洲名字"金厨"，并写了一段两分钟的现场广告词：

"你会为这样一把刀具出多少钱？在回答之前，请先听听：它送一把配套的刀子，锋利无比，能帮你把切菜变成享受。别急，还有很多其他的……"作为大赠送式广告的鼻祖，它赠送的幅度在今天也会让人吃惊：一套"六合一厨房工具"，一套"牛排用刀"，还有一柄"独特的螺旋形切片刀"……

"广告播到最后，"金厨的合伙人之一埃德·范伦蒂说，"你都搞不清自己得到了哪些东西，可你知道，它花不了几个钱"。金厨刀具加上各种免费的东西售价9.95美元，产品销量惊人，到沃伦·巴菲特的伯克希尔哈撒韦公司于1984年收购它的时候，金厨公布的销售额已达5000万美元。

2002年的诺贝尔经济学奖获得者丹尼尔·卡尼曼提出了"前景理论"，它是指描述和预测人们在面临风险决策过程中，表现与传统期望值理论和期望效用理论不一致的行为。

芝加哥决策研究中心的行为经济学家奚恺元进一步把前景理论应用到了公布消息上，他说：如果你有几个好消息要公布，应该分开发布。假设今天老板奖励了你1000元，同时你今天在一家百货商店的抽奖活动中赢了1000元，那么你应该把这两个好消息分开告诉家人。

根据前景理论，人在得到（收益）的时候是边际效用递减的，所以分两次听到两个好消息等于经历了两次快乐，这两次快乐的总和要比一次性享受两个好消息带来的快乐更大。双喜临门固然非常令人高兴，叮是惊喜不断或许能够带来更多的欢笑。所以如果你有多个好消息，最好分别告诉他人。

同样的道理：如果你有几个坏消息要公布，就应该一起宣布。

比方说如果今天你弄丢了钱包里的 1000 元钱，祸不单行，你还摔碎了手机，你应该同时告诉家人这两个坏消息。

根据前景理论，把几个坏消息（损失）结合起来一起公布，根据边际效用递减，这会使各个坏消息加总起来的总效用最小。因此，两个坏消息合在一起公布的痛苦程度，并没有分两次公布坏消息的痛苦程度的总和那么大。

2017 年的诺贝尔经济学家奖得主理查德·泰勒则把前景理论应用到典型的交易上，收益和损失都呈现出边际效用递减的趋势。三万块奖金挺好，但它并不比一万块的奖金好上三倍。故此，较之一次获得三万块奖金，分别获得三次一万块奖金带来的喜悦更多。得到三次奖金，你会高兴三次。意外之财的实际金额并不像你想得那么重要，得到的次数才更能影响你的情绪。

泰勒还为此做了一个实验，他让学生回答一个问题：A 先生分别赢得了两次彩票，一次 50 美元，一次 25 美元；B 先生只赢了一次彩票，获得了 75 美元，那么谁会更高兴一点？结果大多数学生都表示 A 先生会更高兴。

电视购物充分利用了"前景理论"，你不停地得到喜悦感，商家送了你一件又一件赠品（虽然都不是什么值钱的玩意），这样做的效果远远胜过一次送给你这些的快乐。而支付则是一种痛苦，商家并不需要你一次次付款承受这些痛苦，你只要承受一次痛苦（支付一次），就能把所有的东西全部带走。

以旧换新：比价格折扣更有魅力

2008 年全球金融危机爆发后，我国地方政府和企业推出了一系列拉动消费的举措，比如发放"消费券"利用乘数效应拉动消费，积极推行"以旧换新"促进消费。在我印象中，平时那些电视机、洗衣机、电冰箱卖给废品店也就几十块最多一两百块钱，而在"以旧换新"的活动中，这些家电的回收价格达到三四百，远远超过市场的回收价。

促销活动如今每年都有，比如"双十一"、"双十二"等各种消费节的打折活动，不过同样的优惠幅度"以旧换新"的魅力可能比打折更大。

假如你想卖掉一辆旧车换辆新车，旧车性能和保养都很好，里程数也不多，你的心理价位是 4 万块钱。第一家汽车销售商给出的旧车回收价格是 4.5 万，但你想要的新车需要花费 12.5 万。你想买车总要货比三家吧，于是你找到第二家汽车经销商，他们给出的汽车回收价格是 3.5 万，但是新车的价格是 11.5 万元。那么，你更中意买哪一家的车呢?

其实不管你选择哪一家，你所付出的钱都是一样的，也就是支付 8 万块钱可以旧车换新车。然而有一项研究却发现，在这种情况下，大多数人更倾向于和第一家汽车销售商做生意。这是因为人们如果觉得自己的旧车得到更好的补偿，他们愿意多花钱买一辆新车。

这其中的原因就是"禀赋效应"，该效应由 2017 年诺贝尔经济学奖得主理查德·泰勒提出，它是指一旦你拥有了某样东西，就会大大高估它的价值。与你即将拥有的那些东西相比，你更看重自己已经拥有的东西。如果用经济学的行话说，就是你拥有的东西属于你的一部分禀赋，这种现象的本质之处在于，效用并不是与占有无关，那些通过某种方式获得某物品的人，不管是购买还是获赠，他们对该物品的估价一般要高于旁人的估价。

关于禀赋效应最全面细致的研究是由三位行为经济学家泰勒、卡尼曼和奈奇在 1990 年完成的。他们进行了一系列的实验，其中最著名的就是马克杯和圆珠笔的实验。在这个实验中，泰勒等人在康奈尔大学法律经济专业的一个高级本科班找到了 44 名学生，泰勒在康奈尔大学的校园书店里选中了两样东西，分别是印有康奈尔大学标志的马克杯，另外一个是有外包装盒的圆珠笔，每个马克杯的售价为 6 美元，每支圆珠笔的售价为 3.98 美元，泰勒各买了 22 件，分配给了 44 名学生。

那些得到马克杯的学生就成了潜在的卖家，而没有获得马克杯的学生则是潜在的买家。泰勒让学生仔细查看自己的马克杯，了解这个杯子，然后让学生模拟拍卖。

这个时候研究者发现拥有杯子的学生极不愿意卖掉这些杯子，而没有这些杯子的学生对它也没兴趣，结果卖出价格比买入价格大致高了一倍，也就是杯子在所有者和非所有者心目中的价格是不一样的。泰勒又用圆珠笔在另一些学生中做了同样的实验，结果和马克杯极为相似，同样证明了这个和标准经济学模型相矛盾的证据——人的偏好确实依赖于权利。

商家其实深谙这一原理。比如扫地机器人销售商会承诺让顾客使用一段时间，如果试用不满意可以无条件退货。可是当试用期满以后，大多数顾客就会因为禀赋效应而舍不得把扫地机器人退回去。

而汽车销售员则注意到，虽然新车购买者很关心新车的折扣是多少，但是对于"汽车销售商愿意以多高的价格收购自己现有的车"更感兴趣。于是他们就会以高价收购买车人之前开的汽车为营销策略，而不是一味通过汽车价格折扣让利，让顾客误以为自己赚到了。

2008年的"以旧换新"策略，也是成功抓住了消费者的这种心态，通过提高旧家电回收价格，而不是单纯以价格折扣，结果大大提高了市民家电更新换代的热情。

选择：我们总是避免极端

"现在，你来挑选一下种植牙的材料。"牙医的女助理对我说道。

我从诊疗椅上起身，茫然地翻看着产品画册，里面的术语让我觉得像是在看原子反应堆的材料介绍。"你帮我简单介绍一下。"我说。

"这种是国产的，价格是四千，价格上来说比较实惠；这种是德国产的，价格是七千，材料是纯钛的，性价比很高；还有这种，相对贵了点，但这是瑞士产的最新产品，价格是一万二。"她的介绍并没有让我增加任何对种植牙的了解，但我毫不犹豫选了中间那种，也就是七千块的那种。

事实上，也许这三种材料根本没有多大区别，但很多人会作出和我同样的选择。

美国杜克大学商学院的教授乔尔·休伯曾经做过一个实验，他把学生分成三组，任务都是购买啤酒。

其中一组学生有两种选择，一种高级啤酒，售价2.6美元，另一种是廉价品牌，只卖 1.8 美元。其中高级啤酒品酒的行家对它的质量和口感等打了 70 分（满分为 100 分），而廉价品牌则只有 50 分。这时的学生们首选是高档啤酒，选择的人数占到了 67%。

第二组同样拿到了这两种啤酒，不过他们的手头还多了一个选择：另一种超低价的劣质啤酒，售价 1.6 美元，综合评分为 40 分。尽管并没有任何一个学生想要买这种超低价啤酒，但它的存在实实在在地影响了人们的选择。先前选择那些廉价啤酒的学生比例从 33% 增加到了 47%。超低价啤酒的存在让廉价啤酒变得受欢迎起来。

最后一组学生他们也要面对三种选择，它们分别是最初的廉价啤酒和高级啤酒，另外还多了一种豪华啤酒，这种豪华啤酒相对要贵得多，价格为 3.40 美元，但质量只稍微好一点点，综合评分为 75 分。结果只有 10% 的学生表示会选豪华啤酒，令人吃惊的是，其余 90% 的学生全选了高级啤酒，而廉价啤酒这回没有人想要了。

行为经济学家阿莫斯·特沃斯基等人提出了操纵性零售的"避免极端"原则：即我们在选购商品时往往不会买最贵的（除非你是个不折不扣的土豪），也不会买最便宜的（要么我们真的缺钱缺得厉害），人们的选择往往走中庸之道，选择中间那个。不单是价格，大小型号的选择也是如此，假如一家咖啡店有大中小三种杯型，卖得最好的一定是中杯。商家们深谙此道，比如他们往往会在重点推销的目标商品旁，放上一个品质略高价格却贵得多，和另一个品质差很多价格也颇便宜的诱饵产品。

选择是痛苦的，当我们选择某一样商品时，往往害怕错过了另一个。因此，在多个选项中，人们会偏向于选择中间那个，这仿佛是我们给自己找到了不会后悔的理由，中间的选项在其他两个选项的衬托下显得尤其珍贵。

在选择啤酒的实验中，人们的心仪选项之所以会有如此大的变化，这是因为消费者在不同情形下找到了自己可以接受的不同妥协点，然后再说服自己消除了内心的疑惑，让自己的选择显得理由充分。

说到底，选择中间项只不过是自我妥协的结果罢了。

家具：为什么越选越后悔

荷兰瑞德邦大学心理学家迪克特赫斯发现了一个奇特的现象，当人们购买小件商品时，思考的时间越长，随后作出的决定越满意。比如我们要买把剃须刀，如果仔细分析剃须刀的优劣，就会作出比较好的选择。如果不经思考就购买了一件厨房用品，通常会感到后悔，因为冲动之下就买了自己不喜欢或不想要的东西。

而人们购买更为复杂的大件商品时则恰好相反，迪克特赫斯观察了在宜家店里购买家具的人，发现人们花在分析各种选择上的时间越长，对自己的决定越不满意。家具店提供了太多的选择，比如宜家的沙发就多达30多种，这就会变成一个艰难的决定。

在购买诸如一张沙发时，你会考虑自己是否喜欢沙发的外观，还要确定自己坐在上面是否感到舒服，其次，你还会考虑把这张沙发放在家里是否合适，和其他家具是否协调，和你家的窗帘是否匹配，你还要考虑是什么材质，家里的猫猫狗狗会不会抓坏沙发……结果你最后很可能选择了一张你并不喜欢的沙发。

再比如人们在购买房子这样的大件时，也会犯权衡错误。假设有两个房子供你选择，两者的价格差不多。一个是有三个房间的公寓套间，位于市中心，距离你上班的地方只要步行10分钟；而另一个是有六个房间的低档别墅，位于郊区，距离上班的地方开车要一小时。

迪克赫斯说："人们会权衡很长一段时间，多数人最终会选低档别墅。毕竟，爷爷奶奶来过圣诞时，有三个浴室，增加的两个房间就格外重要了，而每天开车来回两小时似乎并不是很糟。"

在这件事情上，人们思考的时间越长，越会觉得增加空间的重要，人们给这些房间还赋予了各种想象，比如可以邀请朋友来聚会，可以让长辈亲戚来住几天，比如以后多了一个孩子也需要给他（她）空间……最终的结果就是非常有必要买下这间大房子，而每天通勤花费的时间就变得越来越不重要了。

这个决策的结果是，那些多出来的房间一年中难得用到几天，而我们却不得不在每个工作日忍受漫长的通勤时间。瑞士经济学家布鲁诺·弗雷和阿洛伊斯的研究发现：一个人花在上班路上的时间越长，对生活满意度越低。通勤时间每上升19分钟，下降的满意度相当于一个单身汉找到新伴侣。一个人去上班在路上每天要花费45分钟，则需要再赚平均月收入的五分之一，才能弥补这种生活满意水平。

另一个研究是诺贝尔经济学奖得主丹尼尔·卡尼曼和普林斯顿大学经济学教授艾伦·克鲁格做的，他们调查了德克萨斯州的900名职业女性，发现上下班的路上是她们一天当中最难受的时刻。

你很快注意不到你的大房子，但是你无法忽视每天难以忍受的长途通勤。

那么这些错误的抉择是怎么作出的呢?

人们在思考这一系列问题时,用于作出权衡和决定的前额叶皮层却无法处理这么多信息,因此,它往往会集中考虑一个变量,这个变量也许很重要,也许根本无关紧要。过多的信息思考反而被迫让大脑将情境过于简单化,可能将选择集中在诸如客人来有没有多余的房间、沙发和窗帘的颜色搭不搭等这些没多么重要的细节上。正因为我们的大脑不堪重负,最终作出了错误的选择。

保健品：定价为什么会这么高

有一天，你想去商场买点保健品送给长辈，你发现这些包装精美的保健品定价都不便宜，低则几百，高则上千，甚至数千上万的也有，至于这些包装里面到底有些什么东西，除了包装上写着的"名贵""野生""高科技产品"之类的词语和一大串英文字母，具体是什么其实你也弄不懂。

保健品的定价为什么这么高，是不是商家想钱想疯了？

从经济学来说，保健品定高价大有道理。我们弄不懂这些神乎其神的保健品成分到底是什么，能不能真的让我们延年益寿？因为这些事情都很难评估，而当一件事物我们无法评估它的价值时，我们会很自然地会将价格和价值联系起来，越贵的产品会让我们觉得它越有效。

当然，我们通常并不会承认自己仅仅是以价格来判定疗效，就像我们声称不会以貌取人一样。然而事实上，我们就是这么做的。杜克大学的行为经济学教授丹·艾瑞里和斯坦福大学教授巴巴·希夫等人做过一个实验，实验者向被试者介绍一种新药"维拉多尼"，并告知在临床试验中92%以上的人服用10分钟内疼痛会显著减轻，止痛效果持续8小时。

被试者手腕被施与了一定强度的电击，并让他们记录下疼痛强度。这时再让他们服用下新药"维拉多尼"，15分钟后继续接受电击试验，并再次记下疼痛强度。

这个实验最有趣的一点在于，当被试者得知每片药品的价格是2.5美元时，几乎所有人都声称该药降低了疼痛；而另一组被试者得知每片药品的价格是10美分时，声称有效果的只有2.5美元组的一半，而事实上，所谓的"维拉多尼"只不过是普通的维生素C胶囊。

这个实验揭示了这样一个现象，我们的体验会和价格传递出的信息密切相关。当我们背着一个上万块钱的名牌包包，觉得别人正羡慕地看着我们（其实别人眼里和几百块的包看起来也没啥区别）；当我们服用了价格昂贵的保健品后（可能成分只是一些维生素），会有更好的自我感觉：胃口好像好了，人好像变年轻了……

没错，这些保健品假如不卖这么贵，"效果"可能没这么好（这听起来像是个笑话）。

经济学上还有一个"锚定效应"，即当人们需要对某个事件做定量估测时，会将某些特定数值作为起始值。保健品功能各异，常常很难比较，当我们第一次看到某保健品的价格，就相当于一个"锚"，这个"锚"非常重要，我们之后的决策都会有意或者无意地围绕这个"锚"展开。商家这个"锚"除了让消费者从一开始就接受这个昂贵的价格，还能够传递一个强大信号：既然这件保健品这么贵，那么它的功能一定很好，它让人产生了很有功效的联想。

同时，商家还经常会玩这样一个套路，如果你买了多少钱的产品，你就会成为"VIP 会员"。作为会员你享有很高的折扣，原价2000 元的产品，可能 1500 元就卖给你了。这个时候"交易效用"就产生作用了，所谓"交易效用"是指实际支付的价钱与"参考价格"之差（现在你知道为什么自己会在"双十一"买了这么多用不着的东西吧），我们觉得不能错过这么合算的交易，毫不犹豫买下这些保健品，大脑里高兴地想着自己便宜了 500 元钱，而忘记真实付出的 1500 元钱。

为什么你炒股总是亏钱

距离：股民购买股票的本地偏好

股民在买股票时有一种被称为"本地偏好（local bias）"的现象。即股民会偏好购买那些公司总部距离自己居住地更近的股票，这有点像球迷总是最喜欢并支持本地的俱乐部，这种偏好也被称为"恋家偏好（home bias）"。

伊利诺伊大学香槟分校和美国经济调查局 2005 年的一项研究发现，一般的美国家庭会将投资组合的 30% 投在公司总部离家 250 英里范围内的股票上。住在西海岸如加州、华盛顿州、内华达州的股民，配置在"科技股"的资金比重，明显高于其他地区股民，这显然和这些地区是硅谷等美国科技重镇所在密切相关。

美国东北地区金融业发达，纽约州、康涅狄格州、宾夕法尼亚州的股民，配置在"金融股"资金的比重，就高于其他地区。南部得克萨斯州、佛罗里达州、密西西比州的股民，配置在"能源业"股票的资金，又明显高于其他地区。而中西部比如密歇根州、伊利诺伊州、俄亥俄州，这里的制造业比较发达，而这些地区的股民对工业制造业股票的投入比重，比其他地区的股民更高。

可口可乐是一家全球性的知名企业，按理说，它的投资人在全球分布应该比较平均。但实际上，16%的可口可乐股票持有人，都集中在佐治亚州，原因就是可口可乐的总部就在佐治亚州的亚特兰大。

1984年，就在美国电话公司AT&T被分割为8家地区性电话公司之后，投资者作出的反应是，对当地子公司的投资额是其他子公司总额的3倍。

不仅美国，全世界都如此。瑞典和芬兰投资者也倾向于投资当地企业。此外，瑞典人从该国的一个城市搬迁到另一个城市时，会调整他们的投资组合。搬家离那家公司越远，越有可能卖掉那支股票，而买入的新股票也偏向于靠近他们搬入的地区。

有趣的是，在芬兰，瑞典语和芬兰语都是常用的，企业可以选用其中任何一种（或两种都用）语言来发布年报和其他文件。芬兰投资者不仅偏向本地企业，而且也偏向和自己使用同样语言的企业。简而言之，投资者看上去更愿意投资他们熟悉的公司。

投资者习惯将国外股票划入高风险资产层，而将本国股票划入低风险资产层。有调查显示，北美投资者的资产中约有75%为北美证券，而欧洲投资者的组合则有60%为欧洲证券，亚洲投资者的本土偏好情结似乎更加严重，亚洲证券在投资组合中所占的比重高达85%。芝加哥大学经济学教授弗兰奇和马萨诸塞大学经济学教授波特巴在对美国、日本和英国的专业投资者研究中发现，美国、日本和英国的投资者分别以93.8%、98.1%和82.0%的比例持有本国的股票，而这三个国家股票市场的市值占全球的总额远远低于这个比例。

之所以产生这种现象，一个原因是"熟悉性错觉"，投资者认为对本土的股票更为熟悉。投资一个自己可以看得见的公司，会让投资者感到更安心一些。实际上投资者在本国或本地的股票上的回报，往往要比投资其他国家或其他地区的收益率还要低。尽管如此，各国股民仍然会热衷于自己熟悉的股票，同时会过分乐观，高估其收益率。

　　另一个原因则是"控制错觉"，股票涨跌无常，无法完全控制不确定性使得投资者非常痛苦，当不得不接受各种不确定因素时，投资者会面临巨大的不安，因此会想方设法回避不确定性。投资本地股票，由于"心理距离"更近，并容易得到所谓的"内部消息"，因此投资者便产生一种更能把握不确定性的幻觉。

　　同时，因为男性投资者更害怕风险，同时也更容易对自己的投资盲目自信，因此相对于女性，男性投资者更容易产生这种"本地偏好"。

　　说到底，人类对熟悉之物的偏爱，是经过了世世代代的演化，对未知领域的警觉，已经深深地根植于人类的生存意识之中，"熟悉"在早期人类的生活中，也就成为"安全"的代名词，但到了变化莫测的金融市场则显得不合时宜。

内幕消息：你离亏钱只差一个内幕消息

　　股市行情一旦转好，我们便会听到各种内幕消息满天飞，一会是某公司要推出高转送方案，一会又是某游资敢死队要合力拉升某支股票。你得到的消息越多，是不是意味着你的投资有更大的收益呢？

　　心理学家保罗·安德烈亚森曾经在美国麻省理工学院做过一个实验，他让学生选择一支股票，然后把学生分成两组，第一组只能看到股票价格的变化，不知道股价涨跌的原因，他们不得不依靠这些极其有限的信息作出交易决定。

　　第二组则不同，他们能够获得源源不断的财经消息，他们可以看 CNBC（美国环球集团的全球性财经有线电视卫星新闻台），读《华尔街日报》，还可以咨询专家，让专家分析市场趋势。

　　显然第二组的学生更占天时地利，然而实验的结果却让保罗·安德烈亚森大吃一惊，信息较少组的学生赚到的钱是信息较多组学生的 2 倍，也就是说，不管你是听到内幕消息还是听从专家的分析，这些都压根没用。

这究竟是怎么回事呢？

科学家曾做过这样一个实验，被试者分成两组，科学家宣称要进行一个有关记忆的研究，一组被要求记住 7 个数字，另一组则被要求记住 2 个数字。

当被试者得到数字后，会沿着大厅走到另一个房间里去，在那里接受记忆测试，在通往测试房间的路上，被试者会经过一张桌子，桌子上面放着一些点心，这是为参加实验的测试者准备的。被试者可以从一块很诱人但很甜的德国巧克力蛋糕和一碗水果沙拉中任选一样。

实验的结果是，记忆 7 个数字的被试者中有 59% 的人选择了蛋糕，而记忆 2 个数字的被试者中只有 37% 的人选择了蛋糕。

我们的工作记忆和理性共用同一脑区，也就是前额叶皮层，当我们试图记忆很多信息时，大脑的理性思维和对冲动的控制就会减弱，在这个实验中，用了一个富有挑战性的记忆任务让大脑分心，使人们更容易屈服于诱惑，因此人们选择了热量值很高的德国巧克力蛋糕。

在另一个研究中，研究人员给高校辅导员提供一群高中生的大量信息，然后让他们预测这群孩子大学第一年的成绩。

辅导员可以查看这些学生的成绩单、测试分数、人格测验和职业测验结果以及申请大学的个人陈述，他们甚至还可以亲自访谈这些学生，在获得了这一系列信息后，辅导员对自己的判断胸有成竹。

和辅导员比赛预测准确度的是一个简单的数学公式，这个公式只包含两个变量，学生的高中成绩平均分以及他们在一种标准化测验上的得分，其他信息都被忽略了。然而就是这个简单的公式，就轻易打败了掌握多方信息的辅导员，这些辅导员得到了太多的信息，结果他们不知道哪些是真正重要的信息，他们被无关的信息蒙蔽和误导了，尽管他们对自己的测试非常有信心，但实际上更多的信息反而使他们的预测效果变差。

保罗·安德烈亚森这样解释他实验的结果：当一支股票走低的时候，它的走低通常被报道为前景黯淡的先兆；而一支股票上升时，则通常被报道为前景一片大好。结果那些拥有大量信息的学生就作出了过分的反应，他们比那些只看价格的人更频繁地买入和卖出，因为他们对每条信息都作出了过度的推测。而另一组只依靠股市价格进行交易的学生没有更多的选择，因此得以把注意力集中在最基本的股票信息，也就是价格上面。

在我们这个大加速时代，每天都必须面对大量的信息，我们的大脑无法处理如此过量的数据，但我们一味往前额叶皮层输入过量信息，大大超过前额叶皮层的处理能力，让其不堪重负，就像在一台老式486芯片的电脑上运行最新的计算机程序，古董般的芯片苦苦支撑，崩溃却是难免的。

规律：被导弹袭击的伦敦

二战期间，德军向伦敦发射了上万枚 V 型导弹。其中的 V2 导弹威力比 V1 更大，它的飞行速度是音速的 4 倍，而且飞行高度超过 80 公里，几分钟内就能到达伦敦。因此无法用战斗机或高射炮拦截。每枚 V2 导弹携带一吨弹头，能够毁掉 400 米范围内的一切事物。

导弹袭击导致数万人死亡，数万座建筑被毁，一枚导弹击中了威灵顿兵营的卫兵教堂，造成 119 人死亡，另一枚击中了伦敦一家沃尔沃斯商店，168 名购物者当场丧生。这些导弹给伦敦居民造成巨大的心理恐慌，超过一百万人离开了伦敦。

英国报纸刊登了显示德军每次导弹袭击具体位置的地图，问题在于，这些位置看起来并不是随机的，于是伦敦市民甚至是英国军事规划人员认为德军的飞弹是有具体目标的，结果人们逃离了那些看起来遭到密集袭击的地方，而那些幸免被袭的地方则被认为生活着德国间谍。

事实上德军并不能控制导弹落在哪里，尽管他们的目标是伦敦市中心，但他们完全无法瞄准伦敦城内的具体位置，哪些地方遭袭完全是随机的。

之所以伦敦市民有这种观点，是因为我们的大脑面对任何随机事物，都会自动给这个事物强加一个模式。在二战的伦敦城是如此，在股票市场也同样如此。

20世纪60年代初，经济学家尤金·法玛首次提出股市具有内在的随机性，为了证明再多的知识或者理性分析也不能作为任何人预测股市的依据，法玛分析了几十年内的股市数据，投资者用来研究股市的复杂工具都只是自娱自乐，并不起到任何作用。尤金·法玛为此在2013年获得了诺贝尔经济学奖。

有报社曾鼓动基金经理和猴子比赛选股，结果这些专业人士选股并不比猴子扔飞镖好到哪里去。既然股市是随机不可预测的，那么为什么有这么多的专家说得头头是道？为什么这么多的股民孜孜不倦地研究股市？这就像伦敦市民对待V型导弹，我们的大脑对任何随机事物都会去寻找规律。尤其是股市，有时股市的剧烈波动的确好像可以预见，而这正是股市的危险所在。

我们的大脑中存在一些"预测神经元"，当我们预测准确时，多巴胺神经元就会放电，释放多巴胺进行奖励，让我们体验到"预测准确"的快乐。多巴胺神经元总是孜孜不倦地探寻股市在内的随机事物的变化规律，但多数情况下都是徒劳的。

我们的大脑在和随机性做着对抗，试图寻找赚钱的模式。当我们从老虎机里赢了一些钱、从轮盘赌中猜对了颜色，或者侥幸中了彩票、买的股票获得不小的收益，这时我们的多巴胺神经元就会释放多巴胺，让我们感到强烈的快感。这样，我们就完全曲解了实际情况，我们相信自己找到了感觉，并建立了一个预测模式（自以为是独家秘方），但是这种预测模式实际上是错得离谱。

迷信基金：一个脑洞大开的年轻人

都说股市是迷信的温床。

2012 年，一位名叫钟承达的 25 岁年轻人（Shing Tat Chung），他刚从伦敦的皇家艺术学院毕业没多久，就获得了微软的资金赞助，成立了一个迷信基金（Superstitious Fund），受到了全球媒体的关注。

钟承达生长在一个迷信的家庭。当他还在襁褓之中的时候，他的父母就按照算命先生的建议给他改了名字。算命先生说他原来的名字"火太盛"，"承达"这个名较平衡，能带来好运和财运。据说他的母亲不喜欢 7 这个数字，外出就餐从不点 7 道菜。她看中一幢房子，但发现风水不对，最终没有购买。她在家里摆放富贵竹，相信会带来财富。

在这样迷信的环境中成长，使他对"迷信"这件事产生了兴趣。假如迷信和股市结合会怎么样呢？于是他成立了这个"迷信基金"。

钟承达的迷信基金是这样运作的：它是做伦敦《金融时报》100种股票平均价格指数的点差交易，即炒这一指数的变动幅度。所有交易都是通过一个"自动交易系统"（俗称"机器人"）来运作的，这是一个购买和抛售股票的电脑程序，它是依据编入程序的算法来运行。这个基金的程序代码是由一个名为吉姆·亨特的程序员编写的，吉姆开了一家名为"交易大师"的公司，称自己是一名从事艺术实验的"超现实主义程序员"。两人一起把机器人命名为"席德（Sid）"。

跟很多投资模式一样，"席德"也是一个自动化交易程序。但是其他算法也许是基于某支股票近期的表现或者相关行情来做决策，而"席德"这个程序却是基于月相的盈亏和人们对某些数字的偏好或厌恶。比如"席德"在每个月的13日不会买入任何股票，如果股票的价格里有数字"13"，它也不会买入或卖出。

日期迷信由来已久，美国迈阿密大学的金融学教授罗伯特·科尔布和里卡多·罗德里格斯在1987年曾发表的一份研究报告指出，相较于一个平常的星期五，在"13日星期五"你更可能在股市上赔钱。两名教授认为，黑色星期五本身无法对交易起作用，而是人们对它的厌恶导致这一天投资意愿降低，从而间接造成市场不振。

钟承达认同他们的观点。他说，人们可能因为这一天"不吉利"缩短假期，减少外出消费，导致经济活动减少。

数字和股市似乎也颇有关系，比如新加坡学者简明（音）、张淮（音）和美国学者大卫·赫舒拉一起发布了他们对中国IPO市场1991年到2005年数据的研究报告，指出了数字迷信跟金融决策的关系。他们发现股票上市代码里幸运数字出现的频率高于概率，而且越是大企业代码里幸运数字越多。

例如，在深圳交易所里，股票代码里幸运数字出现的频率比实际概率高出 22%，不吉利数字出现的频率则比实际概率少了17%。在上海证券交易所，中国银行的股票上市代码是 601998、工商银行（601398）、农业银行（601288），都包括了幸运数字 8。投资者会倾向于买入代码中有幸运数字的股票，这导致了股票最初的估值溢价偏高。而这也导致了在上市三年后，代码里有幸运数字的公司回报率比其他公司平均低 6% 左右，用以纠正最初的估值溢价偏高。

月相的盈亏也是买卖的重要依据。钟承达解释，按迷信投资者说法，满月和月食可能对人的行为产生负面影响，它会导致跨国公司表现不佳，高层管理人员决策能力下降。因此，他把"席德"设计为逢新月买进，逢月盈和月食卖出。在这个算法中，新月是好的，满月则是非常糟糕的。当临近满月的时候，交易程序会更多地卖出股票，同样，当月食来临时，也会更多地卖出股票。

迷信基金共有 144 名投资者，总金额 7585 美元，约合 4828 英镑，最低投资额为 2 英镑。钟承达不放过任何一个催旺运气的机会，他还找算命大师来选取成立基金的吉日。根据算命大师的建议，他们最终把日期放在了 6 月 1 日下午 4 点。

迷信基金的收益颇不尽如人意，在交易三个星期后，基金下跌了 12%，而与此同时，纳斯达克指数和恒生指数都上涨了 4% 左右。之后亏损有所缩小，但两个月后，亏损仍达到了 9.5%。最终，该基金悄无声息地关闭了（原设定时间为一年）。

哪里有钱，哪里就有迷信，这点无论是华尔街的知名金融机构还是小区活动室的麻将桌都一样，只要在人类不能完全掌控的领域，迷信便会滋生，比如博彩、体育、考试都是各种迷信盛行的场所，金融市场也不例外。这些迷信用行为经济学的解释，就是"控制幻觉"，对不可控的事物，总是希望找到某种联系。就像钟承达所说的："当涉及金钱和风险，迷信就悄悄潜入。"

迷信基金并没有成功，但它更多的是作为一种行为艺术产生了象征意义。一年后，钟承达的"迷信基金"和诺贝尔奖得主、土耳其著名作家帕慕克的"纯真博物馆"等项目一起入围了"设计博物馆"年度大奖。

罚单：超速行驶和炒股有什么关系

不同的个性决定了人们各自不同的生活方式，甚至还决定了各自所犯的错误。如果你喜欢开快车，不喜欢系安全带，对交通规则也满不在乎，那么你在股票市场上买入和卖出的频率也会更高。在芬兰有一项针对这类司机的研究，研究表明，每一张超速罚单都意味着这些人在股市上的交易频率比别人高出 11%。

那些开快车，不守规则的到底是些什么人？美国亚利桑那大学心理学教授道格拉斯·肯里克认为，人类的行为也同样会采取快与慢的对策。那些采取慢对策的人，他们会量入为出，为将来考虑，延迟享乐，小心翼翼。而采取快对策的人，更具冒险精神，不停追逐成功，同时也容易陷入冲动和危险的生活方式。

实际上，开快车不仅意味着高于平均的交易频率，同时交易量也比别人要大。问题恰恰也出在此处。许多研究都表明：那些采取快对策的人，也是交易最频繁的投资者，其收益水平也是最低的。

美国加州大学两位金融经济学家布莱德·巴博和特伦斯·奥丁对

数万名投资者进行了连续若干年的调查，得到的结论是"交易越频繁亏损越严重"。

巴博和奥丁调查了1991年到1996年中的78000名投资者，结果发现年交易量越高的投资者，其实际投资收益率也越低。那些交易最频繁的个人投资者（每月换手率达21.5%），每年平均净收益率（扣除费用后）低于12%，这段时间市场平均年回报率约为18%。

两人选取了6000户家庭为对象，也得到了相同的结论，20%的家庭每年投资组合的周转率超过250%，买卖最积极的家庭投资绩效最差，周转率最高的家庭比最低的家庭投资报酬率低7%。

巴博和奥丁还观察了166个投资俱乐部6年的交易，发现平均每年的周转量是65%，年净收益是14.1%，而作为基准的标准普尔500指数收益是18%，也就是说，这些投资者费尽心思地交易，并不比股市大盘有任何出色。

那为何交易越频繁的投资者亏损越大呢？除了来回交易需要更高的交易成本以外，巴博和奥丁是这样解释的：自负导致交易量较高，由此形成的股票组合盈利表现也较差，越以为自己能力强的投资者结果收益越低。

不守规则的司机会开快车，会在变换车道时飞扬跋扈，会突然切到其他司机前方。他们或许很享受自己在驾驶中获得的表现回报和情绪回报，但是他们享受安全抵达目的地的功用回报的可能性就要小了很多。对于股民和交易员也同样如此。他们或许很享受频繁交易带来的情绪回报，但是他们为此牺牲了利润这个福利回报。

芬兰的研究人员发现，过多的交易不仅与投资者收到的超速罚单有关，而且和投资者的性别有关。就像人们所熟知的，男性比女性会收到更多的超速罚单。尽管年长的男性与年轻男性相比情况要好些，但是他们总体上都比女性更容易超速驾驶。

布莱德·巴博和特伦斯·奥丁认为虽然男性和女性都是过度自信的，但是男性要比女性更加过度自信。尤其在那些彰显"阳刚之气"的任务方面，男性尤其显得过度自信，这些任务就包括开车和股票交易。

根据卡内基梅隆大学研究人员的估计，每1亿英里的里程中，男性的死亡数量是1.3人，而女性为0.73人。每1亿次出行中，男性的死亡人数达到14.51人，女性为6.55人。关键的是，每1亿分钟内，男性的死亡人数是0.70人，而女性是0.36人。男性在路上的每一分钟，行驶的每一英里，每一次出行，都要比女性面临更多危险。

比起女性来说，男性更容易发生和酒精相关的撞车。他们更喜欢喝酒，而且会喝很多，酒后驾车的时间也更长，也不大系安全带。男性比女性摩托车骑得多，这种活动造成的死亡比驾车高出22倍。比起骑摩托车的女性，无论在越南、希腊还是美国的男性，他们都不大爱戴头盔。

在巴博和奥丁的调查中也有类似的发现，男性在股市上的交易频率要比女性高出45%。男性和女性之间的这种差别终其一生都是存在的，尽管男性在上了年纪之后，差距程度会缩小。男性在结婚前与女性在这方面的差距更为明显：单身女性平均每个月买卖其股票组合大约为4%，而单身男性平均每月买卖其股票组合大约为7%。他们的交易频率会比单身女性高出75%。

男性总以为开车技术比女性好，但无可争论的是男性比女性的驾驶更加莽撞。男性不见得比女性驾驶技术高，但是他们常常想证明自己的技术更好。同样地虽然女性的股市投资收益率明显高于男性，但是那些男性投资者却仍然认为自己的技术高人一筹。

经济新闻：恩特利股价的"奇幻漂流"

　　新闻媒体在股市中的作用与人们所想象的并不一样，通常人们只是简单地认为媒体是投资者的一种方便的工具，投资者会对重要的经济新闻作出反应。事实上，媒体能积极地影响人们的注意力和思考方式，同时也形成股市事件发生时的环境。媒体的参与有时能导致强烈的市场反馈，引起进一步的价格变化。

　　哥伦比亚大学的格尔·胡博曼教授和托马·格雷夫写过一篇论文，这篇论文讲的是关于一家名为恩特利（Entre Med）公司股价的"奇幻漂流"。

　　1997年12月27日，美国《科学》杂志刊出了一篇关于"恩度"的研究文章，"恩度"是一种潜在的抗癌治疗方法，是由马里兰州罗克维尔的一家名为恩特利的小型生物医药公司研发出来的。文章说有关对恩度的实验已经得出了这是一种积极有效治疗的结果。

　　就在同一天，《纽约时报》也刊登了一篇关于这种新药的文章，出现在当天报纸的 A28 版。随后的 5 个多月的时间里，一切风平浪静。然而，在 1998 年 5 月 3 日这个星期天，《泰晤士报》的头版发表了标题为《专题报道——实验室里的希望：一种令人惊奇的新药，它可以彻底清除老鼠的毒瘤》的文章，对恩特利公司和恩度这种药物，做了比较正面的评价。

需要特别说明的，关于这种药物的信息并没有改变。与原来的两篇报道相比，《泰晤士报》在星期天刊出的那篇文章没有关于恩特利公司新药的任何最新的消息。唯一发生变化的一点就是：文章出现的位置，从《纽约时报》的 A28 版，移到了《泰晤士报》的周日头版。

也就是说，《泰晤士报》报道的根本不是什么新闻。但是这篇文章刊出后的第二天一早，恩特利公司的股票头两分钟的交易中就高涨了 6 倍之多，从前日收盘时的 12 美元最高涨至 85 美元。到当天交易结束时，公司的股票依然还维持在 330% 的增长幅度。当时的情况是自 1963 年以来任何一支股票都没有出现过如此高的单日涨幅。

然而，这种高亢的情绪并没能维持多久。其他实验室在重复 1997 年 12 月研究人员所做的实验时，没有能够取得成功。恩特利公司的股价迅速下跌。到了 2008 年 10 月，这家公司的股票已经跌至每股 34 美分。这个价格只有《泰晤士报》刊出那篇文章后的第二天出现的最高价 85 美元的千分之四。

1987 年 10 月 19 日，美国股市爆发了其历史上最大的一次崩盘事件。道琼斯指数一天之内重挫了 508 点，跌幅达 22.6%，创下自 1941 年以来单日跌幅最高纪录。6.5 小时之内，美国股市损失

5000亿美元，其价值相当于美国全年国民生产总值的1/8。

值得一提的是这一天发行的《华尔街日报》，刊登了一个20世纪80年代的道琼斯指数表，在这张表格的下方，放着一张20世纪20年代的道琼斯指数表。《华尔街日报》的编辑把这两张表格中现在的日期和1929年美国股市崩盘的日期列在一起，以此暗示1929年的股市崩盘会重复。

当日的投资者在早餐的餐桌上都可能阅读到这条信息，《华尔街日报》的这条消息和配图，引起了投资者的警觉，成为当天股市崩盘的重要因素之一。

新闻事件在发生的最初，其作用可能被忽略。随着新闻报道的深入，一些新的重要意义会被挖掘，人们的注意力会从一个焦点引到另一个焦点，再到下一个，这一串的注意力被称为连锁反应。

1995年1月17日，日本神户发生了里氏7.2级的地震，这是自1923年以来，在日本城市中发生的最严重的一次地震，并且造成了6000多人丧生。

然而当天的日经指数只有轻微的下跌，与建筑相关企业的股票股价还出现上涨，当时的分析家报道说，地震对企业的影响还很模糊，因为震后重建浪潮可能会刺激日本经济的发展。

然而随着媒体的深入挖掘和报道，日本还是重新认识这次地震，媒体开始讨论以东京为中心的地震可能性，日本东海研究咨询公司还预测，如果出现1923年大地震相同的震级，将会给东京造成12500亿美元的损失。终于在1月23日，日经指数出现了5.6%的大幅下跌。

抱团：全世界的股民都爱抱团

在股市中，有一种我们称为"抱团"的现象。美国金融学家，行为金融创始人之一迈尔·斯塔特曼说：抱团的现象全世界都有。

在中国，早期在同一家证券交易所开户的人最容易在投资中互相影响，随着手机炒股和微信的普及，朋友圈正形成强有力的抱团动力。

美国投资者也抱团，美国人受到彼此的吸引进入股市，这种吸引力在社交活跃的群体中尤其显著。美国人的抱团趋势超越了个股，渗透至整个行业。如果某些投资者看好某家公司的股票，就会倾向于以同样观点看待同行业其他公司的股票。

在芬兰，如果某位投资者在股市赢利，他的邻居很可能也会投身股市。然而，芬兰人在股市中遭受亏损却不会使邻居受到影响，或许这是因为，虽然芬兰人会对自己的盈利侃侃而谈，面对亏损时他们却会守口如瓶。

瑞典投资者在大学时代就会人以群分，这种影响尤为深远。即便在毕业多年之后，他们也会保持着长期的友谊，出入志同道合的群体。瑞典投资者会选择自己同学选择的股票，在对投资组合中成长型股票或价值型股票的偏好中，也会追随同学的观点。

机构投资者的抱团程度甚至超过了个人投资者。一家机构选择某个投资标的之后，其他机构很可能在未来几个月作出相同的投资选择。分析师提高某支股票的评级之后，机构投资者会涌向该支股票，而随着股票评级的下调，他们又会集体抛售某支股票。如果某位股票基金经理特别在意自己的声望和职业前景，他就特别容易抱团，因为他担心离开群体单独行动会让自己丢掉工作。

那么人们为何总是抱团呢？抱团我们也称为"羊群效应"，这是因为人们渴望融入某些群体，艺术潮流和意识形态在社会迅速传播就是这一现象的例子。在此种情况下，信息和概率修正并无影响，原因只是某些人想要获得其他人的认同。

当我们在外地旅游时，当我们又累又渴希望找个地方用餐时，眼前有两家餐厅，一家人满为患，一家空无一人。我们虽然对餐厅的状况一无所知，但自然而然会走进人多的那一家。

我们的大脑也促使我们融入群体。当我们和群体发生冲突时，大脑中的杏仁核就会活跃起来，它是负责大脑情绪处理和恐惧的中心。当我们与群体不一致会引发内心的恐惧，与群体中大多数人背道而驰让人们内心不安。另外，与群体不一致还会导致生理上的疼痛，被群体排斥会让大脑的前扣带皮层和岛叶变得活跃，这两个区域也可以被真实的身体疼痛所激活。

群居动物通过互相模仿提高自己的生存技能。当一群羚羊中有一只羚羊疾驰飞奔，其他羚羊就会集体出动，即便没有发现潜伏在草丛中的狮子，他们也会模仿那只奔跑的羚羊。抱团行为让羚羊省去了计算狮子进攻概率的麻烦，增加了存活的概率。

因此，在股市中股民一窝蜂地买入股票，又一窝蜂地抛售股票看似愚蠢，实则来自我们人类古老的本能。

第十一辑

金钱如何塑造了我们

金钱：当我们数钱时发生了什么

小说《欧也妮·葛朗台》中，葛朗台已经82岁了。他患了风瘫症，不得不让女儿了解财产管理的秘密。他不能走动，但坐在转椅里亲自指挥女儿把一袋袋的钱秘密堆好。当女儿将储金室的房门钥匙交还他时，他把它藏在背心口袋里，不时用手抚摸着。

在葛朗台临死前，他要女儿把黄金摆在桌面上，他用眼睛盯着说："这样好叫我心里暖和！"神甫来给他做临终法事，把一个镀金的十字架送到他唇边亲吻，葛朗台见到金子，便作出一个骇人的姿势，想把它抓到手。这一下努力，便送了他的命。

和我们理解的不同，葛朗台看着黄金所说的"这样好叫我心里暖和"，并非守财奴专有，它可能存在大多数人心中。

波兰心理学家托马兹·扎莱凯威兹在华沙进行了一项实验，他让受试者回答10个问题，以测试他对死亡的焦虑程度，不过这项研究的重点不是人们对待死亡的态度，而是人们对钱的依赖感。

托马兹在让实验者回答问题前，先让人们做一件事：他让一半的实验者数一沓钞票，而另一半的实验者则数同样大小和厚度的纸张，这些纸张上印着和钱上一样的数字。两组的任务是一样的，算出总数。

实验的结果有点让人想不到，数钱的人对死亡更释然，他们对死亡的恐惧也更少。托马兹认为，总的来说，钱是一种"存在性药物"，能够缓解存在性焦虑。这也是我们存钱的原因，他说道，钱能缓解人们巨大的恐慌。

其实这点也很好理解，"手中有粮，心中不慌"，生存必需的物质和金钱让我们得到安全感。金钱虽然不能让我们摆脱死亡，但起码能解决现实性的问题，比如我们安慰重病的亲属总是会说："钱你不用担心，你只要好好配合大夫，病就会好起来。"

英国广播公司（BBC）曾经报道过这样一个实验：研究人员把测试者分为两组，分别数同样数量的钞票和纸，之后让实验者将手浸入一个装满冰块的水箱内30秒，以此来测试人们忍受疼痛的程度。

实验结果发现，数钱组能够耐受疼痛的时间是数纸组的两倍。这说明，数钱的过程有效降低了测试者对疼痛的感受。

国际著名心理学刊物《心理科学》曾刊登过这样一个研究：将84名大学生分成两组，其中实验组被要求点数80张大面额纸币，对照组则点数80张白纸。数完之后，所有参与者再在网上和其他玩家进行一个接球传球的电脑游戏。这个游戏的设定是，在经过10次传球之后，只有半数的参与者能接到球。

研究者在对那些10次传球后再也没能接到球的参与者进行心理焦虑及其强度测试后发现，比起那些之前只数过白纸的参与者，那些曾数过钱的人的焦虑水平更低。不仅如此，数钱还增加了他们的精神力量和满足感。

金钱可以缓解疼痛，包括生理疼痛和社会排斥的疼痛，这是实用的一面。但另一方面，金钱却会降低我们的幸福感。

心理学家给人们一系列的情境去想象，比如观赏壮观的瀑布，然后心理学家测定人们的心理感受。他们发现，人们享受简单愉悦经历的程度取决于他们有多少钱，那些收入越高，有大量存款的人，比低收入的人从其中得到的快乐要少。这又是为何呢？

美国社会心理学家菲利普·布里克曼提出"经历延伸假说"，这一理论是指如果一个人去了米其林星级餐厅，品尝过全国最好的餐点，那么他在当地的小餐馆里随手点一份餐点得到的快乐就要小得多。同样道理，有钱人很难从日常或简单的愉悦中感到幸福。

比利时的心理学家又做了进一步的研究，他们在询问受试者看到瀑布或其他美景的感受前，让受试者先看看钱的图片。这次无论收入多少，受试者的表现趋同。也就是说有钱或者一想到钱，就会减少自己的快乐，更准确地说，它会减少我们简单的愉悦度。

彩票：爱买彩票是一种穷人思维

谁更爱买彩票？有钱的人还是没钱的人？

也许你以为有钱人预算宽裕，更乐意随便花点小钱买几张彩票玩玩；而穷人手头拮据，恨不得把一块钱掰成两半来花，不会随便乱花钱。然而事实刚好相反，越穷的人越喜欢买彩票。

在对 1000 多名美国人调查最可行的致富之路是什么的时候，21%的人提到了"彩票获奖"。而其中年收入不超过 25000 美元的人中，竟然有 42%的人认为发财的最好机会就是买彩票，比平均数高出了一倍。在弗吉尼亚州年收入不足 15000 美元的人，每年要在买彩票上花掉 2.7%的收入，而那些年收入超过 15000 美元的人，花在彩票上的钱只是收入的 0.11%。

经济学家也早就观察到了这种现象：钱越少，或者亏损越大的时候，越可能押宝小概率事件。

行为经济学家卡尼曼和特沃斯基曾提出过一项关于"日终效用"的研究，该研究发现，在一天的最后一场赛马中，获胜概率极小的马的赔率会变低，也就是说有更多的人把赌注压在了最不可能获胜的马身上去了。这也很容易理解，一天下来那些输红眼的赌徒，会在最后的机会急于翻本，因此他们会倾向于把剩下的赌注压在赔率最高（最不可能获胜）的冷门马上。

在投资市场也同样如此，到每年的最后一个季度，如果共同基金经理所管理的基金落后于平均水平，他们就会冒更大的风险，用更激进的方式买入高风险的股票，以期可以排名靠前。

在股市中，那些亏损大的人也会追求高风险的股票，比如有些快破产的公司价格会跌到极低，这些投资者就会赌这些公司能东山再起，然而这些博彩式投资效果并不好，统计显示，这类股票平均一年的跌幅超过 28%。

我们把采取这种孤注一掷的行为称为"彩票思维"，这种思维也是一种因资源匮乏导致的"穷人思维"。他们认为省钱完全是浪费时间，反正身上的钱无论如何都不够用，不如干脆买彩票去博一下。于是这些人会牺牲手头宝贵的真金白银，去购买彩票换取情感上的希望。

人们热衷于彩票是源于我们大脑的一种特殊机制，即赚钱的滋味的确很美妙，而那种幻想赚钱的感觉更美妙。我们的投资大脑里有一种特殊的生理机器，和实际得到的利润相比，盈利预期更能加速这台机器的运转。当我们越是缺钱，对这种预期和渴望越是强烈。

这种现象还不只是出现在买彩票时。当我们观看体育比赛时，会发现一种类似的现象，落后的球队在比赛时间将尽的时候，足球运动员会离着球门很远处频频远射；篮球运动员会在终场哨声快响起前，近乎绝望的在半场出手；橄榄球运动员在比赛最后时，会抛出"撞大运式"的传球。也就是说，越是眼见着要输球的球队，越会买彩票似的寻求出现奇迹翻盘。

然而产生这种"彩票思维"，或许是人类的一种本能。

生物学家发现，当动物缺乏食物、水和庇护所的时候，会产生一种"负能量预算"，处在这种状态下的动物根本就不可能去寻找稳定却仅够维持生计的收益。实际上，他们需要的是中彩式的"暴富"。因此，处于绝境中的动物，更倾向于多变的收获。尽管这会增加一无所获的危险，但为了补充即将耗尽的能量，这也是最可行的办法。

生物学家托马斯·凯勒克曾经做过一个实验，他让黄眼灯芯草雀面临两种选择，一种是盘子有固定数量的玉米粒，另一种是盘子里可能有翻倍多的玉米粒，也可能一粒都没有。刚进完食的雀鸟更倾向选择"确定"选项，而饥饿的雀鸟却会毫不犹豫地飞向玉米粒不确定的那个盘子。

同样，人类在进化过程中也如此，当生存出现危机时，我们的祖先只有甘愿冒更大的风险才能存活下来。比如在食物短缺时，早期的人类就可能选择风险更大的狩猎大型凶猛的动物，要么获得充足的食物，要么死于猛兽之口，而保守地选择诸如采集野果这样折中的办法，并不能保证其生存。

理财：把钱交给老婆打理

　　故事发生在美国人向西部移民的马车队时代，在 1846 年的春季，一个由数个家庭组成的篷车大队——后人称为"唐纳车队"，从美国东部出发前往加州，途中车队的男人们选择了冒险的方案，走了一条未经证实的捷径，不幸的是那条"能更快抵达的线路"把他们带到了大山之中。

　　大雪降临后，他们被困在现在名为唐纳山口的地方。车队中接近一半的人因饥寒交迫而死去，活着的人则被迫开始吃自己同伴的尸体，幸存者的回忆表明，唐纳车队中的女性当时竭力反对走那条未经证实的道路。

　　如果在当时，唐纳车队的男性能够更多听取女性的意见，或许能躲过这场劫难。女性的意见至关重要，在某些印第安人的部落就遵循这样一个制度：在这些部落中都有一名男性酋长，该部落中所有母亲的投票可以解除他的职权。

　　在现实生活中，男性更愿意冒险，而女性更厌恶风险。和男性相比，女性会选择购买更多的人寿保险，更注重安全驾驶，而且在投资退休金时更谨慎。

两位加州大学的经济学家布莱德·巴布尔和特伦斯·奥迪恩写过一篇重要的论文，文章分析了1991年到1997年35000位个人投资者的交易记录，发现女性表现优于男性。2009年位于芝加哥的对冲基金研究机构也得出类似结论，在过去9年中，女性运作的对冲基金表现优于由男性运作的对冲基金。

巴布尔和奥迪恩在解释这种现象时说：女性之所以表现得更优秀，是因为男性则更倾向于频繁交易。而频繁交易是一种过度自信的表现，即盲目相信自己的判断力以及所谓的"内部消息"，坚信自己能够跑赢大盘。

因为相比男性，女性拥有更强的自制力，所以女性还更擅长做财务规划。男性在花钱存钱上常常缺乏自制力，今朝有酒今朝醉，当真正需要用钱的时候往往捉襟见肘。在一项调查中，菲律宾的大部分男性表示，如果不是因为把收入交给妻子管，他们花钱时会更大手大脚。赋予女性一定权力，不仅维护了女性的权益，还实实在在帮助家庭积累了更多存款。不过菲律宾的男人通常也会像电视剧《都挺好》中的苏大强一样偷藏些私房钱，这种行为在当地有个专门的名称，叫"Kupit"，意思是"小偷小摸"。

女性不仅有更好的风险意识和自制力，处理复杂的金融产品也毫不逊色。20世纪90年代起，那些掌握家庭财政大权的日本太太们争先恐后地杀入了外汇市场，她们被称为"渡边太太"。"渡边太太"并不是从事简单的外汇买卖，而选择专业门槛较高的外汇套利投资。她们借贷利率低的日元，兑换成外币后向海外高利资产投资，同时还参与投机性极强的外汇保证金交易，拆入低息日元，投资高收益率境外债券或外汇存款，套取利差收益。

女性理财还有一个特点就是不容易上当。有种骗局叫作"尼日利亚骗局"，这种骗局和我们常见的"贵妇重金求子"有点相像，一般是骗子编出一个故事，然后基于种种理由要求受骗人汇款出境，并承诺其将获得一笔可观报酬。

尼日利亚骗局看似容易识别，但是对有些人却极具诱惑力。据美国特勤局估计，美国人每年被骗取的钱财超过1亿美元，而上当受骗的基本为男性。澳大利亚证券和投资委员会的报告显示，澳大利亚人同样饱受诈骗之苦。该委员会在报告中称，澳大利亚人之所以成为诈骗目标，是因为他们的投资知识无法匹配他们的投资热情。值得一提的是，在受骗人口中，男人占据90%以上，他们远比女人容易上当。

想想饥寒交迫中的唐纳车队，他们一定后悔没听女人们的话。同样，在家庭财务中，早点把钱交给老婆打理或许是个明智的选择。

恐惧：别人恐惧时我害怕

在股市中最经典的法则莫过于巴菲特所谓的"别人恐惧时我贪婪，别人贪婪时我恐惧"，然而真正做到这条的却很少。这不意味着我们不认同这条投资法则，而是当这一刻到来之时，我们的身体会"夺权"，产生一套应对危机的机制，而我们的主观意识对自己的行为却无能为力。

某一天，你坐在证券交易大厅，眼看着股价像瀑布一样狂跌，假如有另一个你从未来看着这个自己，一定会喊："冷静！冷静！现在需要考虑的是市场是不是真的基本面发生逆转，还是仅仅由于恐慌产生的抛售。"但是交易大厅的你却不会这么想，因为此时身体已经接管了大脑的意识。

压力反应在史前时代就已经定型了，它确保我们能从猛兽口里活下来。因此我们无法准确地分辨出所面临的威胁究竟是身体威胁、心理威胁还是社会威胁。每种威胁所引发的身体反应是相同的，几十万年前在丛林中遇到危险产生的压力反应，再次作用到几十万年后交易大厅的你。

首先，你的小脑扁桃体告诉你遇到了麻烦。小脑扁桃体的特点是迅速，当我们还没看清眼前的阴影是树叶还是灰熊时，它就让我们迅速应对，即便是事后发现虚惊一场。

小脑扁桃体将坏消息传递给了大脑中的蓝斑和脑干，这时"战斗或者逃跑"反应已经开启：你心跳加速、血压上升，更多的血液流向大腿和肌肉群，做好战斗或逃跑的准备。你呼吸急促是因为血液加速流动需要更多的氧气，手心冒汗是因为史前人类逃跑就得爬树。肾上腺分泌肾上腺素和皮质醇等压力荷尔蒙，你的感官更敏锐……

假如遇到猛兽这一切变化对你相当有用，可惜你只是在股市遇到了麻烦，身体分辨不出你遇到的是哪种麻烦。在压力的侵蚀下，我们会把想象中的事物当成是真实存在的，在活跃的小脑扁桃体影响下，你会陷入了各种谣言的漩涡中难以自拔，分不清哪种是真实的。

股友对你说："听说还要跌一千点。"这种严重缺乏常识的谣言你却信以为真。在一项研究中，心理学家给交易员看了一些毫无意义的随机价格模式，在正常状态下，交易员都能一眼看出这些模式毫无意义，但是在压力折磨下的交易员却认为是有意义的。

除了皮质醇，小脑扁桃体还分泌一种化学物质"促肾上腺皮质激素释放激素（CRH）"，CRH会导致焦虑和恐惧。这个时候你就会变得很"丧"，失去了自信和进取心，如惊弓之鸟，只关注坏消息。

如果你遭遇的暴跌持续数周，在持续的压力下你会开始自暴自弃，呆呆地坐在椅子上，眼睁睁地看着机会白白溜走。接二连三的失败破坏了你的免疫系统，让你病怏怏的。一开始你还骂骂咧咧，可是随着时间的推移，你不再愤怒，取而代之是心灰意冷，无动于衷，此时的你已经处于"习得性无助"的状态。

"别人恐惧时我贪婪"，说起来简简单单，可是真到那一刻，我们常常已陷在恐惧中不能自拔。

激励：车站月台上的神秘客

在 20 世纪 50 年代的波士顿火车北站，常常站着一个身穿黑色大衣头戴黑色礼帽的神秘客人。

这个乘客只是站在月台上，从来不登上火车。他仿佛在等某人，一直站到很晚，直到末班车开走，月台空无一人他才转身离去。

这个神秘客看起来像一个要和人接头的间谍，他就是罗伯特·施瓦布。

施瓦布是位神经学家，20 世纪 50 年代他在哈佛医学院工作。他有些有趣的研究，比如他常去当时的波士顿北站，研究坐火车的上班族行为：金钱是如何影响他们的选择？

施瓦布把注意力放了那些没能赶上火车的人，他注意到，当火车刚刚启动时，他们会沿着月台奔跑，试图登上将要离开的火车，而不是等下一班火车。

于是施瓦布观察，他们准备跑多远？他们赶上那趟火车的动机有多强？

施瓦布站在月台上，他数着每个迟到者经过铁路旁杆子的数目，来计算他们跑过的距离。他发现，在傍晚时分，迟来的人追着火车奔跑了约20码（大约18米）就放弃了，随着天色越来越暗，人们奔跑的距离逐渐增加，最后接近平时的两倍（40码）。

最有趣的是到了最后一趟火车，人们想要赶上火车的决心暴增。

"尊严被抛与脑后"，施瓦布写道："他们挥动着胳膊，大声叫喊，沿着站台疾跑70码，希望有人注意到自己，然后使火车停下来。"这种拼尽全力拼命赶车的行为常常会起作用，火车司机通常会减慢速度让他们上车。

那些迟到的人赶最后一班火车比赶早些时候的火车更卖力是有道理的，因为早些时候误了车，就是耽误了时间再等一班车，而误了末班车的乘客则要么花费10美元坐出租车回家，要么花更多的钱在波士顿住下来。

施瓦布同时对肌肉的疲劳方式也很感兴趣，他想弄清楚的是适当的刺激是否能使人克服疲劳。

1953年，他做了一个实验，以测验人用手悬挂在单杠上的能力，想看看人们在放弃之前能承受多长时间来自腕部屈肌的痛苦。实验证明，一般情况下人们平均能够坚持50秒。施瓦布试图用语言激励，以及催眠的方式来激励他们，结果他发现人们的平均承受时间增加到了75秒钟。

他继续新的尝试，他拿出一张5元的美钞，这在当时算不小的一笔钱。施瓦布告诉他们如果能够做得比前两次更好，这钱就是他们的了。结果受试者体力大增，悬挂的时间增加到了近两分钟。

金钱能够起到激励作用，有时这种激励来自金钱本身，而不是金钱代表的意义（购买力）。

彼得·乌比尔是美国的一位内科医生，同时他还把大部分精力用来研究行为经济学。他曾经讲过一个故事：一些研究机构对内科医生进行问卷调查时，这些研究者往往需要开出 100 到 200 美元的支票以促使内科医生们填写调查问卷。然而许多内科医生看到这些支票，就将它们和调查表一起扔掉，并且毫无愧意，这些支票对他们缺乏吸引力。为此，研究者们甚至在支票上写了更多的钱。

在乌比尔进行研究时，因为他的科研预算很紧张，不可能拿出一百两百的钱，于是他另辟蹊径想出了一个办法，当他对内科医生做调查时，他取消了在信封内装入 100 或 200 美元支票的做法，只在每个信封里放一张有点旧的 5 美元钞票。

这点小钱经常比那些大额支票更有效，因为无论他们是否填好了调查问卷，这些钱都已经是他们的了，医生很难丢掉一张真正的美钞，所以医生们感到有义务给予支持，于是他们大多会填写表格。因为他们很难将这 5 美元放进自己钱包的同时，却把问卷扔进垃圾筒。

对于金钱的激励作用，研究者还发现对于精神集中或者创新能力较高的工作方面，高额激励反而会分散个体注意力，但是在不需要很多思考就能完成的重复枯燥的工作方面，激励往往很起作用。

麻省理工学院的行为经济学家丹·艾瑞斯和卡内基梅隆大学的行为经济学家乔治·洛温施坦在印度的一个偏远城镇完成了一个有趣的实验，这个实验证明过度的激励可能对表现产生相反的效应，即不是改善表现，而是扭曲表现。

他们让受试对象完成一些需要技巧、精神集中和创新能力的问题，报酬金额根据其解决问题的表现而定。研究者将他们分成了三组，其中一组受试对象，研究者对出色表现的最大报酬金额设定为2400卢比，要知道这对印度人来说是一大笔钱，按照印度的工资标准，这相当于当地普通居民半年的开支。而另外两个小组的相同活动最高报酬仅为24卢比。

结果非常令人吃惊，最高报酬为2400卢比的小组受试对象表现非常差劲，其中只有20%的受试对象获得了最高报酬，而在另外两组中，高于35%的受试对象获得了最高报酬。

波士顿和芝加哥的经济学家也通过另一个实验证实了上述结论。他们让学生完成两个任务，一个是数学计算，另一个是在4分钟内尽可能频繁地在电脑的键盘上按n和v两个键。数学问题需要受试者的认知能力，而打字纯属一种纯粹的重复动作。

研究者把学生分成两组，一组所得的最高报酬为30美元，而另一组所获的最高报酬为300美元。为了提高激励效应，研究者们还将实验安排在临近学校放假的时候进行，他们认为在这个时间点上，学生们尤其需要钱。

在数学问题方面，最高报酬为30美元的一组，60%的受试对象表现突出，但在最高报酬为300美元的一组，只有40%的受试对象获得成功。但是，对于单纯打字的任务中，却显示了不同的结果，在激励报酬较高的那组，也就是最高报酬为300美元的小组，受试对象表现极为突出的比例翻了一倍，从40%增加到了80%。

亏损：亏钱的滋味像闻到烂鱼

茅盾的小说《子夜》中，吴荪甫把自己的丝厂和公馆都抵押出去做公债，以背水一战，然而还是在交易所被暗算遭遇巨亏："吴荪甫蹶然跃起，可是蓦地一阵头晕，又加上心口作恶，他两腿一软，就倒了下去，直瞪着一对眼睛，脸色死白。王和甫吓得手指尖冰冷，抢步上前，一手掐住了吴荪甫的人中，一手就揪他的头发……吴荪甫坐在椅子里捧着头，就觉得头里是火烧一般；他站起来踱了几步，却又是一步一个寒噤，背脊上冷水直浇。他坐了又站起，站起了又坐，就好像忽而掉在火堆里，忽而又滚到冰窖。"

这段描写不但非常生动，还可以说是相当精准科学，那么人在巨大的亏损面前，为何会表现出"心口作恶，两腿一软，就倒了下去"，这就要从我们的大脑说起。

在我们的大脑内有一个名为脑岛的区域。脑岛是我们评价疼痛、恶心和内疚等消极事件的主要反应中枢之一。脑岛前部铺满了一层名为梭形细胞的特殊神经元。这些神经元的作用，就是专门帮我们在环境变化时调整自己的行为方式。梭形细胞是人类和大型灵长类动物所独有的，一般人大脑中额脑岛中包含的梭形细胞数量是大猩猩的 3 倍。

令人不可思议的是，这些细胞还携带一种人脑中极为罕见却在消化系统（尤其是结肠）中大量存在的分子。在结肠中，这种细胞刺激肠壁肌肉收缩，从而促进食物在肠道中运动。

当你凭直觉认为投资已经触礁时，你会觉得胃部剧痛或者肠胃翻江倒海，这也许不是你的想象而是事实。脑岛中的梭形细胞可能会和你的肠胃系统同步触发。

当科学家通过电流直接刺激脑岛，会产生强烈的恶心和难以忍受的呕吐感。实际上，要激活脑岛，根本就不需要直接接触令人作呕的东西。人脑扫描发现，在嗅到能引起呕吐的丁酸味道时，脑岛会进入活跃状态。看到他人对恶心味道作出反应的图片，也会刺激大脑的这一部分。在我们看到其他人恶心呕吐，甚至是听到别人发出呕吐声，也会让自己感到恶心。脑岛的反应极为迅速，只需要 1/4 秒的时间就能让它产生这种呕吐反应。

赔钱和亏损同样能引起我们脑岛的剧烈活动。在一项实验中，脑岛在赔钱后表现出的活跃程度约为赚钱后的 3 倍。与此同时，在参与下赌之前，如果实验对象根据前几次经验觉得会输钱，脑岛的活跃程度会超过预感赢钱的 4 倍。脑岛在这些危险赌局中的反应越剧烈，他们在随后下赌注时就越有可能选择风险较低的赌注。最新研究还显示，人们在商店里购物的时候，如果商品价格过高的话，脑岛就会被激活。只是想到花钱太多，就能让我们感到痛苦。

当吴苏甫巨亏，而感到心口作恶时，这其实也是人类的一种保护措施，赔钱会刺激大脑中的恶心中枢，你自然会选择远离危险。因此在遭受重大投资失误时，脑岛给你带来的刺激就像你面对炎炎烈日下一大堆烂鱼时一样，无比恶心。你会捂着鼻子躲得远远的。

这种恶心的感觉，让我们牢牢记住而永远也不会再靠近那一步。实际上，这些特殊的神经元会在你的大脑留下深深的印记：这件事让你感到恶心。这种感觉让你在愚蠢的错误之后，马上就想去洗手，把手洗得干干净净，驱走晦气，赶走痛苦。

当投资者为自己的鲁莽而感到痛苦时，人类对损失的天生厌恶感就会油然而生。此时，他们不再像平常那样紧紧抓住投资，而是拼命地把它们甩开，扔得越远越好。

其实想象可能发生的痛苦事情时，那种感觉丝毫不亚于真正的痛苦。大脑在想象预期痛苦时的反应程度，几乎完全等同于对实际痛苦作出的反应。脑岛不仅会在赔钱的时候产生厌恶感，即便是想到赔钱，也会让我们心生恶气。

当美股在 2020 年发生连续熔断后，华尔街的证券公司最忙碌的恐怕要数洗手间了。亏损同步触发了梭形细胞，并引起肠胃的翻江倒海，同时当遇到惊恐事件（比如暴跌），身体默认我们需要快速逃命，因此会尽量将废物排出体外以减轻体重，但如果通过大肠时间太短，大肠来不及充分吸收水分。因此，随着交易大厅哀鸿遍野，我们会看到很多惶恐的交易员冲进厕所，洗手间里到处弥漫着恐惧的气氛。

零花钱：我们该怎么给孩子零花钱

在我小时候（20世纪七八十年代），过年是一件非常有仪式感的事情，每家每户都会精心准备过年的食物，空气中全是酱鸭、炒货和爆竹的味道。

对孩子来说，过年最值得期待的是会得到大人的压岁红包，今天的孩子们可能并不太理解这件事的意义——在平时我们并不能得到很多零花钱，因此这些钱差不多是一年里大半的零花钱。这笔钱怎么花是一件非常考验人的事情，虽然我们也可以马上挥霍干净，但大多数时候我们都会精打细算用上一整年。

给零花钱这件事用经济学的术语来说就是"激励"。现在的父母会经常给孩子零花钱，支付宝或微信随意发个红包，这件事再平常不过了。据伦敦著名心理学家阿德里安·弗恩海姆的研究发现，低收入家庭给孩子的零花钱比中等收入家庭给孩子的零花钱所占家庭收入的比例更大。这也说明了穷人家的父母虽然手头紧，但他们更愿意自己节衣缩食，而不让孩子受到委屈（父母们是多么不容易啊）。

一般来说，父母给孩子零花钱有两种方式：一种是当他们完成家务、做完作业或者考试获得好成绩，父母作为奖励给予零花钱；另一种是定期给他们零花钱，比如每个月给一笔钱，或者像我小时候那样，在特定的时候拿到零花钱。

　　很多家长都乐意把零用钱当作是孩子做家务或取得成绩后的奖励。我曾听到有两个家长在交流，一个家长说："孩子一刻不停地忙了好几个小时，打扫我的房间，主动遛狗并给它洗澡，因为他想买个心爱的玩具。"另一家长说："我们不给孩子零用钱。孩子的工作就是在学校拿到不错的分数，发成绩单之日，就是我们给钱之时。'及格'不给钱，每拿一个'良好'就有一定数额的奖励，'优秀'的奖励是'良好'的两倍。"

　　那么这种方法是否合理？

　　美国经济学家吉伊兰·莫蒂默在1988年调查了超过1000名9年级学生及其父母，到了1997年即他们高中毕业6年后又进行了后续调查。她发现，在孩子逐渐成熟步入成年之时，做家务挣的零花钱帮助他们坚定了对自己赚钱能力的信心，但无缘无故给零花钱则降低了这一信心，这时孩子会把得到零花钱看作是理所当然，这助长了他们的依赖心理，而不利于树立自给自足的信心。

　　因此，在长大成人的过程中，靠自己的劳动和学习得到零用钱，会促进了我们经济独立的能力，人只有对自己的赚钱能力有信心才能走上经济独立之路。

　　而根据弗恩海姆的研究，中等收入的父母更愿意让孩子通过劳动获得零花钱，即便这些父母觉得家庭宽裕，他们也乐于让孩子劳动，因为他们觉得向孩子灌输"钱不会从树上长出来"这一观念非常重要。

当然，这么做并非一点问题都没有。一旦把家务活或者学习成绩和金钱挂钩，就会大大削弱孩子的责任感，觉得这些都不是他自己的事情。

美国乔治·梅森大学的经济学家教授泰勒·考文讲过一个"脏盘子的故事"：如果家里厨房水槽里堆满了脏盘子，家长要求孩子们清理，这件事能让孩子们留意到自己的职责，以及满足家人期望的需要。孩子们会想："我所做的事对家庭有意义，我是个贡献者"。而且孩子还会因为认为父母是家庭的领导者而尊敬他们，也会表现出一定程度的服从。

一旦家长因为孩子们清理了盘子而付给他们钱，这就是另一回事了。他们会对自己说："洗刷盘子只不过是为了得到钱。"他们不太能感觉到自己在这件事情上的责任，父母变成了老板，而不是应得到自己忠诚的人，这不过是种市场关系。

因此作为奖励给孩子零花钱的这种方式是把双刃剑，关键看父母怎么灵活使用，既培养孩子的独立性，也不让他们失去责任感。

我们再谈谈另一种给零花钱的方式，即定期给孩子一定的零花钱（也有的家长全看心情，高兴给孩子一大笔零钱，不高兴一分不给，这种行为当然不可取）。

有一些研究表明，这样可以锻炼孩子规划管理自己钱财的能力。我们能通过金钱了解数学，有证据表明，数学概念掌握得好对今后生活的理财大有好处。在我们小时候花这笔压岁钱就是一种锻炼，我们会考虑这一年中会出现的各种情形，比如暑假里买电影票的钱，开学订杂志的钱，我们会想得很多，因此使用这笔钱会相当慎重。

很多专家建议孩子应该和成年人一样对收入进行规划。有的专家还提议，孩子们要提交年度花费总结，以便看自己的花费是否符合家庭收支情况。

有一点至关重要，就是父母花钱和理财的行为模式对孩子的影响。孩子会观察并模仿父母，父母花钱挥霍无度，花钱如流水，孩子不大可能勤俭持家。而家长若是精打细算，这些好的投资理财习惯也会传给子女。

薪水：金钱的比较法则

在伦敦金融城，那些年轻的银行高管下班之后都会到酒吧去，在那里他们曾经流行一个叫"全拿出来"的游戏，这个游戏简单粗俗，只要有一人高喊"全拿出来"，那么参加游戏的每个人就要把他们钱包里的现金都拿出来，钱最多的人则要把钱分给其他人。

他们之所以玩这种无聊游戏，一是因为这些人在炫耀，"看，我挣了这么多"，工薪阶层赚的根本没法和他们比，也不敢把钱包里的钱拿出来和朋友分享。另一个原因则是他们心里一定这么想：不管我钱包里有多少钱，在这个圈子里肯定有人比我更有钱。

1997年的时候，NBC（美国全国广播公司）的喜剧热门明星杰里·宋飞宣布辞职，当时他每拍一集《宋飞正传》的薪水是100万美元，这在当时已是天价。

NBC每年能从《宋飞正传》的广告和播出权中赚到两亿美元，也就是说，这出电视剧每季22集，每集带来大约900万美元的利润，为了不丢掉这棵摇钱树，NBC又向宋飞开出了相当有诚意的薪水，把他每集的薪水从 100 万涨到 500 万，这相当于《宋飞正传》的一半利润。

宋飞仍不屑一顾，铁了心要辞职。然而这件事却带来了一个意想不到的结果，那些美国的电视剧热门明星们听到这个消息后，纷纷要求加薪。在接下来的几年中，电视台的老板都被明星加薪这件事快逼疯了。

《老友记》变成了"捞钱记"，主角集体开价要求薪水涨到每集 100 万美元，这可是 6 位"老友"每人 100 万美元。《人人都爱雷蒙德》变成"人人都爱加点薪"，主演每集要价 80 万美元，《欢乐一家亲》则成了"有钱一家亲"，主演每集要价 160 万美元……

传统的劳务经济学把工资看作人才的供给和需求之间理性权衡的结果，但行为经济学家正在颠覆这种观念，他们认为工资有可能跟价格一样，是随心所欲定下来的。很多人对自己的劳动值多少钱并没有准确认识，甚至也不清楚自己在别家公司能赚多少，他们最关注的是自己身边的同事和熟人赚了多少钱。这些行为经济学家认为："工人关心工资的变化，但对工资的绝对水平以及它相对于其他公司同类工人的薪资水平如何，他们是比较迟钝的。"

20 世纪美国思想家 H.L. 门肯说：富人是一个比他的亲戚每年多赚 100 美元的人。门肯还说过一句很经典的话：一个人对工资是否满意，取决于他比他的连襟多挣多少。

那些关于薪水的偶然事件常常会意外地提高了比较的锚点。

20 世纪 90 年代，为了缩小日益增长的贫富差距，美国国会在 1993 年通过了一项法案，取消了百万美元以上收入纳税人的若干税收减免。让人万万没想到的是，百万美元的门槛成了那些高收入者的锚点，如果你的薪酬还没到百万美元那就变成很难堪的事情。于是这项旨在让富人多交税的法案，意外掀起了企业界高管的加薪潮。

也是在 20 世纪 90 年代，为回应股东对不合理的高管收入的关注，美国联邦证券委员会强制上市公司披露高管的薪酬。当时高管们的薪酬已经是工人的 131 倍。委员会的意思就是让大伙看看，你们好意思拿这么多钱吗？

薪酬公开后不久，媒体就按高管的收入高低开始排名，可是大众低估了高管们的脸皮，这样做不但没有压制薪酬，反而使得各路高管互相攀比，结果，他们的薪酬像火箭一样往上蹿，到了 90 年代末，他们和普通工人的收入比达到了 369 倍。

"我绝对认为高管的薪酬会下降，因为曝光会叫人多么尴尬，"这个制度的设计者格拉芙·克里斯托回忆说："可事实证明，要是有人的收入高高盘旋在两亿以上，他绝不会感到尴尬。"